KB179362

표적

표적

돈 펜들턴 지음
한국첩보문학협회 옮김

9

카리브 해의 회전목마

부자나라

표적

❾ 카리브 해의 회전목마

초판1쇄 인쇄 2016년 10월 20일
초판1쇄 발행 2016년 10월 21일

지은이 돈펜들턴
옮긴이 한국첩보문학협회
펴낸이 박대용
펴낸곳 도서출판 부자나라

디자인 디자인 상상(kkt9512@hanmail.net)

주소 10882 경기도 파주시 교하읍 산남리 292-8
전화 031)957-3890, 3891, **팩스** 031)957-3889
이메일주소 zinggumdari@hanmail.net

출판등록 제406-2104-000069호
등록일자 2014년 7월 23일
ISBN 979-11-87475-07-1   04840
      979-11-953288-8-8   04840 (세트)

차 례

카리브해의 회전 목마

1
위장 전술

수상 비행기는 방파제 위를 낮게 선회하다가 바히아 드 비드리아의 거울 같은 수면에 매끄럽게 내려앉았다. 플로트로 물살을 가르며 수상 비행기는 수면 활주로를 미끄러져 해변으로 향했다.

조종사는 서서히. 엔진을 감속시켰다.

약 100야드 남짓 앞쪽에 있는 잔교가 점차 가까이 다가왔다.

「비행기 놀이는 이제 끝났다, 그리말디!」

갑작스런 냉랭한 목소리에 조종사는 헉! 소리와 함께 반사적으로 고개를 돌렸다. 어느새 사내의 손에는 검은 악마 베레타가 쥐어 있었다. 조종사는 침을 꿀꺽 삼키고 모기만한 소리로 외쳤다.

「왜 이러십니까, 미스터 뷘턴?」

「딴청 부리지 마. 내가 모르는 줄 아나? 엔진이 멎을 때 너의 인생도 함께 멎는다. 그뿐이야.」

이렇게 윽박지르고 나서 미스터 뷘턴이라 불린 사내, 맥 보란은 쌍안경을 들어 해안선을 세밀하게 살폈다. 잔교의 표지판이 맨 먼저 눈에 들어왔다.

글래스베이 리조트
관계자 외 출입엄금

잔교 너머에는 전문가의 손에 의해 아름답게 가꾸어진 정원과 농장 주인의 대저택으로 보이는 자못 사치스런 이층 건물이 있었다. 해변 곳곳에는 움막 같은 탈의장이 마련돼 있었고 그 사이사이 백사장엔 수영 팬티 차림의 사내들이 아무렇게나 누워 뒹굴고 있었다.

보란은 사내들의 얼굴을 하나하나 뜯어보았다. 한결같이 울퉁불퉁 사납게 생긴 그 모습에 그는 슬며시 속이 뒤틀려 왔다. 이번엔 건물 주변을 관찰했다. 태평스럽게 정원을 거니는 놈이 눈에 들어오는가 하면 베란다 난간에 걸터앉은 놈도 보였다.

줄잡아 30명은 되어 보였다. 그 중 두 명은 똑같이 하얀 바지에 백구두를 신고 잔교에 나와 있었다. 수상 비행기를 영접하려는 모양이었다.

언뜻 보기에 해변의 풍경은 평화롭기 이를 데 없었다. 그러나 보란은 그 광경을 그저 무심하게 보고 있는 것만은 아니었다.

저런 곳에서 으레 잡역부 일을 하게 마련인 푸에르토리코인의 모습은 어느 곳에도 없었다. 또 사내들의 주머니를 노리고 녹일 듯한 미소를 흘리는 늘씬한 여자들의 모습도…… 신이 나서 놀아나는 광경도 보이지 않았고 그저 쥐죽은 듯이 잠잠할 뿐이었다.

「흠, 누구 솜씬지 꽤나 엉성하군!」

그는 낮게 중얼거렸다. 그렇다. 분명 경황 없이 서둘렀기 때문에 저렇게 엉성한 연출이 되고만 것이리라. 아마도 소도구들을 낱낱이 다 갖추어 놓을 여유가 없었던 모양이었다.

그때 그의 생각을 뒷받침해 주기라도 하려는 듯 해변의 한 움막에서 무엇인가가 열대의 따가운 햇볕을 받아 반짝 빛났다. 망원경이거나 뭐 그와 비슷한 종류의 렌즈겠지. 해수욕을 즐기는 사내들의 비치 타월도 길쭉하게 불룩한 것이 예사롭지 않아 보였다. 필경 라이플이나 쇼트건 따위가 감추어져 있을 것이다.

수상 비행기가 똑바로 잔교와의 거리를 좁혀 들어가자 일층 베란다에 있던 사내들 한 패거리가 어슬렁거리며 집 밖으로 나오더니 뒤쪽에 있는 숲속으로 빨려 들어갔다.

이제 더 이상 생각할 것도 없었다. 글래스베이는 바로 놈들의 아지트였던 것이다. 그러니까 놈들은 보이지 않는 칼을 갈아 놓고 아무 일도 없다는 듯 노닥거리고 있다가 가면 쓴 불청객이 나타나면 와락 덤벼들어 단숨에 때려잡을 속셈임에 틀림없었다.

그렇다면 이쪽에서 먼저 가면을 벗어 주지. 벌써 몇 시간 전부터 보란은 어린애 장난 같은 가면극은 이미 끝이 났음을 뼈저리게 느끼고 있었다. 그리고 지금은 라스베이거스로부터의 그 무리한 출발의 대가를 치러야 할 순간이었다.

정확하게, 세심하게. 보란은 속으로 다짐했다. 단 1초에 자신의 생사가 판가름날 수도 있다는 사실을 익히 알고 있었기 때문이었다. 결정적인 순간을 포착해서 실수 없이 해내야 한다.

보란은 그곳까지 무려 세 번이나 비행기를 갈아 타고 왔지만 조종사는 언제나 그리말디였다. 그는 어떤 기종의 비행기라도 다 자유자재로 다룰 줄 아는 탁월한 파일럿이면서 동시에 철두철미한 마피아이기도 했다. 법망을 요리조리 피하는 그의 기술은 기막힐 정도였다. 그러니만큼 그는 쉽게 체념하려 들지 않았다. 그는 신경질적으로 몇 번 콜록거리더니 보란에게 애원하기 시작했다.

「미스터 번턴, 아니, 보란 씨. 나는 그저 직업상 이짓을 하고 있을 뿐입니다. 내가 무엇 때문에 당신에게 앙심을 품겠습니까, 네? 난 위에서 시키는 대로만 할 뿐이라구요. 그러니…….」

「나소에서 비행기를 바꿔탈 때까지만 해도 난 자네를 의심하지 않았지. 그 뒤에도 예감이 이상했었지만 확신은 서지 않았어. 그런데 자네가 샌 주안이 아니라 글래스베이로 가야 한다고 했을 때 언뜻 수상하다는 생각이 들더군. 그래 곰곰이 생각해 보았지.」

「그랬었군요. 하지만 난 이번 일엔 아무 상관이 없습니다. 믿어 주십시오. 제발…….」

조종사는 게거품을 물면서 살려 달라고 통사정했다.

「상관이 없다? 그럴 테지.」

보란의 음성은 냉랭하기 그지 없었다.

뒷좌석에서 새어 나오는 거의 울음에 가까운 신음 소리도 조종사와 마찬가지로 죽고 싶지 않음을 하소연하고 있었다. 마피아의 경리인 그는 현찰이 든 가방을 꼬옥 끌어안고 부들부들 떨며 애처로운 목소리로 말했다.

「나도 마찬가집니다, 보란 씨. 정말 하늘에 맹세하겠습니다.

지금도 난 무슨 영문인지 어리둥절할 뿐입니다.」

「알겠네, 램키. 여기서 내리게 해주지.」

보란의 나직한 이 말에 램키는 믿기지 않는다는 듯 앞으로 바짝 다가앉으며 되물었다.

「그게 정말입니까?」

보란은 묵묵히 고개를 끄덕였다.

「고맙습니다, 고맙습니다……」

램키는 만면에 비굴한 웃음을 띠며 코가 땅에 닿도록 절을 해댔다.

「단, 돈은 놓고 내릴 것!」

램키가 뭐라 대답하기도 전에 보란은 곧 이어 조종사를 향해 명령했다.

「조종 장치를 급속 이수(離水)로 해놓고 뛰어내려!」

「직접 조종할 수 있겠습니까?」

그리말디가 제법 가라앉은 음성으로 물었다.

「그건 걱정 말고.」

「그렇다 해도 당신은 여기서 빠져 나가지 못할 겁니다. 방향을 바꾸기도 전에 밑에서 쏘는 총에 격추될 테니까요. 너무 늦었습니다, 보란 씨.」

「그런 걱정은 하지 않아도 된다고 말했을 텐데? 어서 하라는 대로나 하시지.」

보란의 단호한 명령에 조종사는 더 이상 대꾸하지 않았다.

가방을 들고 있던 사내, 램키는 목숨이라도 건지는 게 어디냐 싶었던지 허겁지겁 해치를 열고 발 아래 조용히 흐르는 물을 잠시 불안하게 내려다보더니 곧 뛰어내렸다.

순간 잔교에 있던 두 사내의 움직임이 부산해지는가 싶더니 그중 한 놈이 건물 쪽에 대고 뭐라고 소릴 질렀다.

수영 팬티 차림의 사내들이 타월 밑에 감추었던 무기를 빼들고 우르르 잔교 쪽으로 몰려왔다.

「장치를 끝냈습니다.」

이와 때를 같이 해서 조종사가 좌석에서 튀어나오며 외쳤다. 그의 이마에는 굵은 땀방울이 맺혀 있었다. 그는 곧 바로 해치로 달려가 텀벙 바닷물에 몸을 던졌다.

보란은 조종사 그리말디가 사라진 해치에 버티고 서서 잔교에서 날뛰고 있는 두 사내에게 파라베람탄 두 발을 갈겼다. 놈들 손에 있던 총이 떨어지며 엉뚱한 방향으로 불을 뿜었다.

보란은 스로틀 쪽으로 손을 뻗었다. 그야말로 결정적인 순간이었다. 그는 조그마한 수상 비행기의 스로틀을 힘껏 앞으로 잡아당겼다. 그러면서 동시에 기수를 돌려 방향을 정한 다음 조종간을 그 위치에 고정시켰다. 수상 비행기의 엔진이 급속하게 가속되는 동안 그는 해변과는 반대 방향으로 난 해치 쪽으로 재빨리 이동했다.

그러나 이 모든 행동은 수상 비행기로 그곳을 빠져 나가기 위해서가 아니었다. 단지 적의 눈에 그가 비행기로 탈출하려는 것처럼 보이게 하기 위해서였다.

그는 오직 허를 찔러 적에게 혼란을 일으키게 하는 데 목적이 있었다. 그의 이러한 작전은 적중되었다. 더욱 속력을 내며 내달리는 비행기를 향해 난사되는 총소리를 들으며 그는 카리브해로 냅다 몸을 날렸다.

보란은 물 속 깊이 들어가지 않고 가능한 한 뛰어들었던 지점에서 멀찍이 벗어나려고 했다. 그가 물 위로 얼굴을 내밀었을 때 텅 빈 채 달리던 수상 비행기는 마악 육중한 고개를 들어 수면을 차고 오르려던 참이었다.

플로트와 모래밭 사이에 겨우 1인치의 간격을 남기고 비상한 수상 비행기는 사방에서 빗발처럼 쏟아지는 총알 속에서도 용케 나무 높이만큼 솟아올랐다.

그때 돌연 총성이 약속이나 한 듯 뚝 멈추었다. 비행기 엔진 소리만이 고요한 해변을 채웠다.

보란은 이층 베란다에 있던 사내들이 허둥대며 그 건물에서 벗어나려고 소란을 피우는 모습을 멀리서 바라보았다. 놈들은 그제서야 무인 수상 비행기의 착륙 지점을 깨달은 모양이었다. 해변 곳곳에 숨어 있던 사내들도 우르르 쏟아져 나와 건물로부터 조금이라도 멀리 떨어지려고 안간힘을 썼다.

해변의 파라다이스를 향해 하늘의 지옥불이 검은 꼬리를 달고 떨어지려는 순간이었다.

우왕좌왕 어쩔 줄을 모르던 한떼의 사내들이 이번에는 육지 쪽으로 방향을 바꾸어 와! 몰려가기 시작했다. 호화로운 저택 주변은 제각기 이리 뛰고 저리 뛰는 사내들로 온통 벌집을 쑤셔 놓은 듯했다.

비행기는 정지시켜 놓은 TV 화면처럼 잠시 하늘에 가만히 떠 있는 듯이 보였다. 도망치던 사내들은 그 순간 어떤 힘이 있어 비행기가 그대로 하늘에 못박혀 버렸으면 하고 간절히 바랐을지도 모른다.

그러나 비행기는 한치의 오차도 없이 정확하게 그 건물을 덮쳤다. 어쩌면 이층 베란다를 살짝 스치고 지나갈지도 모른다는 한가닥 희망 같은 것을 모두가 품었을 때, 요란한 소리와 함께 건물을 들이받았던 것이었다.

치솟는 불길 속으로 풍지박산이 되어 공중으로 날아오르는 사람들의 몸뚱이가 보였다. 어떤 것은 불길에 싸여 마치 비프스테이크 조각이 하늘로 날아가는 것처럼 보이기도 했다.

처참한 비명이 멀리 보란의 귀에까지 들려 왔다. 그는 비행기 충돌로 얻어진 효과를 대충 파악하고 난 다음 다시 물 속으로 잠수해서 계속 육지로 접근했다.

적들은 아직 그가 비행기에서 빠져 나온 줄을 모르는 모양이었다. 보란은 먼 발치로 한 척의 모터 런치가 바다에 떨어진 두 사람, 램키와 그리말디를 구출하러 쫓아가는 것을 보았다. 아마 그들 두 사람도 보란이 이렇게 탈출해 나오리라고는 생각지 못했으리라. 그렇다면 여기까지는 매우 순조롭게 진행된 셈이었다.

이 행운이 조금만 더 계속된다면, 그래서 용케 놈들에게 들키지 않고 해안으로 상륙할 수만 있다면 〈카리브해의 회전 목마〉에 올라타 한바탕 놈들을 혼내줄 수 있으련만.

글래스베이가 불길에 싸여 타오르는 광경을 지켜보는 쌕쌕이 토니 레버니의 마음은 금세 환장해 버릴 것만 같았다. 생각만 해도 지긋지긋한 옛날의 악몽을 다시금 눈앞에서 보는 느낌이었다. 부글부글 끓어오르는 속을 어쩌지 못해 그는 잠시도 가만 있질 못하고 서성거렸다.

물론 불타 버린 건물이 아까워서는 아니었다. 부동산에 관한 일이라면 이곳 책임자인 빈체 트리에스터에게 맡기면 그만이었다. 실제로 토니는 불끄는 일도 이미 빈체에게 위임해 버렸다. 그는 이렇게 말했었다.

「천만에! 내가 데리고 온 애들이 불이나 끄러 다니는 한가한 애들인 줄 아나? 우리는 불끄러 여기 온 게 아니네. 분명히 말해 두겠네만, 불은 자네들 손으로 끄게.」

빈체는 끽 소리도 못 하고 두 팔을 휘저으며 뛰어가 버렸다.

제기랄! 여기까지 내가 불끄러 왔나? 보란의 목을 치러 왔지. 그 밖의 일이야 어떻게 되든 상관없다.

가슴속에 주먹만한 울화가 그대로 뭉쳐 있는 한 토니로서는 자기 부하들에게 총 대신 소방 호스를 들게 할 생각은 털끝만큼도 없었다.

사방엔 비행기 폭탄 세례를 받은 사내들이 어디라 할 것 없이 널려 있었다. 모두가 심한 화상을 입고 있었고 그나마 목과 팔다리가 제자리에 붙어 있는 놈은 소수에 불과했다. 아주 죽어 버린 놈도 있었고 산송장이나 다름없이 된 놈도 있었다.

그러나 토니의 부하들은 모두가 멀쩡했다. 글래스베이의 고정 멤버들은 태평스럽게 마음 푹 놓고 있다가 벼락을 맞은 셈이었다. 재수없이 변을 당한 사람들에겐 미안한 일이었지만 솔직히 그 점이 토니에겐 다소 위안이 되었다.

생각에 잠겨 있던 그는 때마침 옆을 지나가던 찰리 드라고네를 붙잡고 말을 걸었다. 찰리는 부하들 가운데서도 가장 쓸 만한 총잡이였다.

「어딜 가나, 찰리?」

「재가 된 보란놈에게 오줌이나 갈겨 주려구요.」

히죽 웃으며 찰리가 대답했다.

「재가 어디 있는데?」

토니의 물음에 찰리의 얼굴에서 웃음기가 사라졌다. 그는 소방 호스를 질질 끌면서 잔교 쪽에서 뛰어오는 두 사내에게 잠시 눈길을 던진 다음 보스에게 물었다.

「없다는 말씀인가요?」

「재커녕 발톱의 때도 없네.」

찰리는 백사장을 한번 훑어보고 건물 쪽으로 급히 시선을 옮겼다.

「그럼 놈은 비행기에 타고 있지 않았다는 말인가요?」

그의 얼굴엔 미소 대신 약간 굳어진 표정이 떠올라 있었다.

「아무래도 그런 것 같단 말이야.」

「비행기엔 누가……?」

「지금부터 그걸 알아보려는 참이야. 아, 저기 그리말디가 오는군.」

한패의 사내들이 빠른 걸음으로 잔교에서 토니가 있는 곳으로 다가오고 있었다. 그 가운데 둘은 물에 빠진 생쥐 꼴을 하고 있었다.

조종사인 잭 그리말디는 레버니를 보자 그만 기가 꺾였는지 대뜸 용서부터 빌었다.

「이거 면목없게 됐습니다. 저, 사실…….」

「정말 일이 묘하게 됐어.」

뜻밖에도 쌕쌕이 토니의 말투는 부드러웠다. 그는 피식 웃기까지 하며 덧붙였다.

「자넨 정말 재수가 좋았어, 안 그런가?」

「네, 저도 그렇게 생각……..」

조종사는 어쩔 줄 몰라 하며 말끝을 맺지 못했다. 그 옆에 서 있던 램키 역시 할 말을 찾지 못하고 주뼛거렸다. 그들을 동반했던 사내들은 이미 참극의 현장으로 사라지고 없었다.

토니는 불길에 싸여 있는 건물을 흘끗 쳐다보고 나서 입을 열었다.

「그래 어땠나, 그리말디? 그 자는 보란이었나?」

조종사는 기억 속에 단단히 새겨 두려는 듯 화염 지옥에서 눈을 떼지 않은 채 말했다.

「네, 보스. 그 자는 분명 보란이었습니다.」

램키가 흥분해서 불쑥 끼여 들었다.

「사람이 그렇게 비정할 수가 없었습니다. 눈빛은 꼭 죽음의 사자 같았구요. 정말입니다. 전 이제까지 그렇게…….」

비교적 온화했던 토니 레버니의 눈길이 돌연 사나워졌다. 보란이 얼마나 무서운 사람인지를 늘어놓던 램키는 우물쭈물 말끝을 흐렸다.

「자네, 돈 가방은 어떻게 했나?」

토니의 말투에는 한심한 놈이라는 기색이 역력했다. 램키는 눈을 내리깔고 대답했다.

「보, 보란이 두고 가라고 해서요…….」

토니는 그럴 줄 알았다는 듯 표정 없는 얼굴로 찰리 드라고네에게 한마디 던졌다.

「그럼, 찰리. 우선 25만 달러의 재에다 대고 오줌을 갈겨야 할 것 같군.」

살인 청부업자 찰리는 한숨을 내쉬며 발끝으로 모래를 휘저었다.

「사실 그런 건 큰 문제가 아냐. 그래, 놈은 뒈졌나, 아니면 아직 살아 있나?」

토니의 나직한 질문에 조종사는 어리둥절한 표정으로 다시 물었다.

「지금 뭐라고 하셨습니까?」

「멍청한 놈! 물에 빠지더니 귀까지 처먹었단 말이냐?」

용케 억눌렀던 토니의 감정이 일시에 폭발했다.

「보스는 이번 일에 의심을 품고 계시다구.」

옆에 섰던 찰리가 차분히 설명했다.

「아까 그 비행기엔 아무도 안 탄 게 아닌가 하구 말이야.」

잠시 뜸을 들였다가 이렇게 덧붙이는 찰리의 말투에는 약간 빈정거리는 기미가 섞여 있었다. 그러나 그리말디는 아주 고지식하게 대꾸했다.

「그럴지도 모르죠.」

「말은 잘하는군. 그럴 가능성이 있다는 건 나도 알아. 중요한 건 사실이야.」

쌕쌕이 토니는 애써 마음을 다잡고 있었다. 조종사는 어깨를 한 번 으쓱한 후 변명을 했다.

「놈은 제 목에 권총을 들이대고 빨리 조종 장치를 이수(離水)로 조작하라고 협박했습니다. 그런 입장에 처했다면 누구든지 시키는 대로 할 수밖에 없었을 겁니다. 또 놈이 빠져 나갈 수 없음은 자명한 일이었구요. 그래서 전 놈이 육탄 공격을 시도하려나 보다 생각하고 어떻게든 살아야겠다는 일념뿐이었습니다. 하지만 보스의 말씀이 옳을지도 모릅니다. 그러니까 제 말은……우리가 뛰어내린 다음 놈도 뛰어내렸을지 모르겠습니다. 스로틀

을 당겨 놓고 비행기에서 빠져 나가기만 하면 되니까요. 비행기
라는 건 사람이 없이도 날아오를 수 있는 물건 아니겠습니까?」

조종사의 말이 끝나기가 무섭게 찰리는 버럭 화를 내며 소리
질렀다.

「야, 이 얼간아! 그럼 왜 진작 그 생각을 하지 못했어?」

「그런 말씀 마십쇼. 목에 권총을 들이대고 있는데 뭘 어떻게
하란 말씀입니까?」

조종사는 사뭇 억울하다는 얼굴이었다.

「이제 됐으니 그만들 해!」

토니는 발끈 화를 내고는 바닷가로 걸음을 옮겼다. 엉켜 있는
머릿속을 정리해 보기 위해서였다.

만에 하나, 보란이 그 비행기로 자폭했다 해도 그것을 증명하
기란 여간 어려운 일이 아니었다. 찰리 말마따나 불탄 자리에는
재만 남게 마련이니까. 그 잿더미를 뒤져 시체를 찾아내기란 하
늘의 별따기일 것이다.

그렇다고 시체를 확인하지 않은 채 그냥 죽었다고 믿기엔 석
연치 않은 구석이 있다. 더구나 비행기 전문가인 그리말디가 놈
의 탈출 가능성을 시인하지 않았던가. 그렇다. 놈은 그냥 자폭해
버리기 위해서 예까지 올 놈이 아니다. 그 막돼먹은 놈은 그럴
놈이 아니다. 절대로!

쌕쌕이 토니는 뿌드득 이를 갈았다. 그는 이미 맥 보란과의 한
판 승부에서 치욕적인 실패를 맛보았었다. 그때 그는 하마터면
저승으로 직행할 뻔했으나 의학의 눈부신 진보와 대서양 너머까
지 영향력을 미칠 수 있는 조직 덕분에 가까스로 목숨을 건졌었
다.

놈이 어떤 놈인지 아는 이상 다른 도리가 없다. 놈의 자폭을 증명하지 못하는 한 아직 살아 있는 것으로 간주하고 대처해야 한다!

토니는 등줄기를 타고 내리는 싸늘한 그 무엇을 의식적으로 무시해 버렸다.

찰리와 그리말디, 램키는 그때까지도 그 자리에서 서성거리고 있었다.

「놈은 아직 살아 있다. 멀리 가기 전에 빨리 찾아라!」

「알겠습니다. 어디서부터 시작할까요?」

찰리의 반응은 즉각적이었다.

「놈은 정글전의 명수다. 그러니까 놈은 반드시 정글에 숨을 것이다. 폴과 듀크를 데리고 간다. 그리고 조도……. 지도를 가져가는 것도 잊지 않도록!」

「배후에서 놈의 퇴로를 차단하자는 거군요?」

「그렇다. 볼 크루는 이리로 보내라. 여기서 할 일이 있으니까.」

「이제…… 가보아도 되겠습니까?」

더 이상은 못 참겠다는 듯 그리말디가 쥐어짰다.

「저도…… 목이 타서 죽겠습니다.」

램키도 거들었다. 그러나 토니는 아랑곳하지 않고 찰리에게 계속 명령을 내렸다.

「찰리, 누구에게 연락해야 하는지는 알고 있겠지? 헬리콥터 두 대가 필요하다. 지금 여기에 꼭 있었어야 하는 건데. 빌어먹을, 내가 왜 진작 그 생각을 못 했을까!」

찰리는 어느새 저만큼 가 있었다. 토니가 그의 등 뒤에 대고 크게 외쳤다.

「워키토키도 가져가야 한다!」

찰리는 뒤도 돌아보지 않고 손만 흔들어 알겠다는 표시를 했다.

「이제 가도 좋아.」

「아이구, 감사합니다.」

조종사는 꾸벅 절을 하고 잰 걸음으로 사라졌다. 램키는 그리말디를 따라가야 할지 어쩔지 몰라 엉거주춤 서서 토니와 멀어져 가는 그리말디의 모습을 번갈아 쳐다보았다. 그런 그에게 토니가 냅다 소리쳤다.

「넌 가서 불이나 꺼!」

램키는 대서양을 주름잡는 쌕쌕이 토니 레버니를 뒤로 하고 부리나케 달아났다.

토니 레버니는 혼자 남아 물끄러미 먼 수평선을 바라보았다. 어쩌자고 일이 이렇게 돌아가는 것일까. 정글의 고양이 맥과 딴 데도 아닌, 놈이 마음대로 활개칠 수 있는 바로 이런 정글에서 맞닥뜨리게 되다니!

토니는 아까부터 등줄기를 훑어 내리던, 그가 의식적으로 무시하려 했던 그 무엇의 정체를 확실히 깨달을 수 있었다. 그것은 죽느냐, 죽이느냐 이외의 선택이 있을 수 없는 마지막 대결전에의 예감이었고 전율이었다.

2
살인 계약

보란은 야자나무 꼭대기에 걸터앉아 잠시 후면 눈부신 활약을 해야 할 베레타를 하나하나 분해하여 물기를 닦아냈다. 짠물에 꽤 오랫동안 잠겨 있었기 때문에 녹이 슬까 염려해서였다.

정교한 무기를 원상태로 재조립하는 작업을 끝낸 다음 스페어 탄창까지 말끔히 손질했다. 마지막으로 총구에 끼울 소음 장치를 점검하기 시작했다.

「음, 됐어.」

베레타를 언제든지 사용할 수 있게 해놓은 뒤 그는 차분한 마음으로 자신이 처한 상황을 이모저모 분석해 보았다.

지금 자신이 있는 곳은 어디가 어딘지 도무지 분간할 수 없는 낯선 곳이었다. 그가 아는 것이라고는 〈푸에르토리코는 북으로는 대서양, 남으로는 카리브해에 면해 있는, 서인도 제도 끝의 한 섬이다. 아이티와 도미니카 공화국이 나누어 차지한 이스파

니오라는 서쪽에 있고 자메이카와 쿠바도 서쪽에 있다. 바하마 제도는 북쪽, 베네수엘라는 남쪽, 버진 제도는 동쪽이다〉 정도였다. 그나마 세 번째 비행을 위해 수상 비행기를 정비하는 사이에 나소의 자가용 비행기 전용 비행장 사무실 벽에 붙어 있던 지도에서 알아낸 것이었다. 그러니까 그는 자신이 세계 지도상의 어느 지점에 있는가를 알 뿐이었다. 숲은 알되 나무는 모르는 처지라고나 할까.

한 가지 분명한 사실은, 마피아놈들이 회전 목마라고 부르는 매머드 계획을 통쾌하게 분쇄하는 데 자신의 목적이 있다는 것이었다.

자신의 병력은 어떤가? 탄환이 여덟 발씩 장전된 스페어 탄창 두 개와 여섯 발이 장전된 베레타, 그것이 병기의 전부였다. 병사는 1명, 나무 꼭대기에 달랑 올라앉아 있는 자신뿐이었다. 그것도 물을 흠뻑 뒤집어쓴 채 시장기가 대단하여 거의 지탱할 수 없을 정도로 지쳐 있었다.

반면 적은 2, 30명 정도의 전문적인 살인 청부업자들로 4분의 1마일도 채 안 떨어진 곳에서 눈에 불을 켜고 자신을 찾고 있었다.

아무래도 이 정글에서 살아 돌아가지는 못할 것 같았다. 마피오조 중에 어느 운 좋은 놈이 입을 함지박만하게 벌리고는 이 맥 보란의 목을 자루 속에 집어넣겠지. 본토에서 회심의 미소를 띠며 기다리고 있을 보스에게 갖다 바치기 위해서 말이다.

이것이 바로 현재 맥 보란이 처해 있는 상황이었다.

그러나 숨이 붙어 있는 한 단념하지 않는다는 게 그의 철학이기도 했다. 분명히 그는 숨을 쉬고 있었다. 그렇다면 아직은 포

기할 때가 아니다. 라스베이거스에서는 놈들이 파놓은 함정에서
도 혈로를 뚫어 탈출에 성공했을 뿐 아니라 도리어 놈들에게 공
격을 가했던 자신이 아닌가.

보란은 머리를 들어 불길에 휩싸인 건물을 잠시 바라본 후 바
다 쪽으로 눈을 돌렸다. 네 척의 모터 런치가 만(灣)을 이리저리
그물처럼 누비면서 그를 찾고 있었다. 또 한 척은 남서쪽 해변에
열두엇 남짓한 무장한 사내들을 내려놓고 있었다. 수색대는 머
지 않아 보란이 숨어 있는 곳까지 오게 될 터였다.

또 한패의 총잡이들이 건물 쪽에서 다가오고 있는 게 보였다.
협공이었다. 등 뒤는 정글, 앞은 바다. 수색대는 시시각각 다가
오고 있었다.

엉뚱하게도 그 순간 보란은 빙긋 웃음을 떠올렸다. 이 글래스
베이로 일당을 이끌고온 놈은 어떤 놈일까? 어떤 놈이건 간에
대단한 놈임에 틀림없다. 놈은 호락호락 수상 비행기의 위장 전
술에 속고만 있지는 않았으니까.

보란으로서는 기막히게 흥미진진한 게임을 시작하는 기분이
었다. 이미 죽은 몸이 또 무엇을 잃겠는가!

보란은 조용히 나무에서 내려와 라스베이거스에서 입고 온 후
줄근하게 젖은 옷을 빠른 동작으로 벗었다. 값비싼 옷도 이런 때
는 거추장스러운 짐에 불과했다.

이제 보란이 몸에 걸치고 있는 것은 저격수로서 마피아와의
혈전 때마다 입던 몸에 꼭 들어맞는 새까만 스킨슈트——그것
은 보란의 상징이었다——와 홀스터뿐이었다. 그는 벗어 버린
옷의 주머니에서 꼭 필요한 것만 꺼냈다.

그는 단연코 아직 죽지 않았다. 생명을 걸고 죽기 살기로 적과

싸워야 할 숙달된 전사라면 자신에게 주어진 모든 조건들을 십 분 활용해서 전투를 유리하게 이끌어 나가야 하는 법이다. 더욱 이 단련될 대로 단련된 정글의 전사는 불리한 여건을 유리한 여 건으로 탈바꿈시킬 줄 알아야 한다.

적은 한 발 한 발 이쪽으로 접근해 왔다. 이제 저들이 주고받 는 귀엣말이 보란에게까지 들려올 정도였다. 그들 가운데 누군 가가 보란의 상륙 지점을 알아냈음에 틀림없었다.

보란은 잇몸을 드러내며 차갑게 웃고는 옷매무새를 가다듬었 다.

정글에서의 계율에 비추어 보면 가장 뛰어난 자가 이기게 마 련이다. 가장 뛰어난 자란 가장 빠르고 가장 조용하며 또 가장 사나운 자를 말한다. 정글의 세계엔 뒤가 구린 배심원도, 매수당 한 판사 나부랭이도 없다.

임전 태세를 완전히 갖춘 보란은 흡사 먹이를 노리는 한 마리 맹수와도 같았다. 그는 정글에서 어떻게 하면 승리할 수 있는지 몸으로 알고 있었다.

그는 하늘을 가린 울창한 밀림 속으로 조용히 녹아 들어갔다. 이제 맥 보란은 밀림의 살아 있는 한 부분이 된 것이다.

바야흐로 카리브해를 핏빛으로 물들일 대살육전의 막이 오르 고 있었다.

처음 맥 보란과 대결했을 때의 쌕쌕이 토니 레버니는 워싱턴 일원을 그 세력권으로 하는 〈어니 카스틸리오네〉 가문의 간부였 었다. 그 무렵만 해도 그는 그 범죄 조직의 전국적인 계급으로 볼 때 그런 대로 자신의 나이에 걸맞는 자리에서 제법 평온하게 지내고 있었다.

그런데 돌연 보란이라고 하는 뚱딴지 같은 인간이 뛰어듦으로써 그때까지의 평온에 금이 가고 말았다. 그것도 아주 돌이킬 수 없는 금이……. 실로 극적인 변화라 아니할 수 없었다.

첫번 대결부터가 그랬었다. 그때 그는 보란을 쫓아 프랑스까지 원정을 갔었는데, 하마터면 생명을 잃을 뻔했었다. 사실 프랑스에서 그가 보란의 손에 죽었다는 소문이 널리 퍼지기도 했었다.

다음엔 진짜 죽음이 찾아왔다. 다행히 토니 레버니는 아니었으나 보스인 카스틸리오네가 영국에서 살해되었던 것이었다. 보란 아닌 다른 놈의 소행일 수는 없었다.

그 다음에 벌어진 일은 마피아 가문의 치욕사에 길이 남을 만한 것이었다. 카스틸리오네가 죽자 그 후계자들이 너도나도 새로운 가문 체제에서 좋은 지위를 차지하려고 눈에 불을 켜고 다투었던 것이었다.

얼마간이라도 야심을 가진 사람이라면 그럴 만도 했다. 그러나 토니는 〈쌕쌕이〉라는 별명에 어울리지 않을 정도로 권력의 고삐를 잡는 데 성급하게 굴지 않았다. 파리에서 너무나 호되게 당했기 때문이기도 했거니와 무엇보다 서열상 자기 위에 있는 두 명의 실력자와 권력 다툼을 벌이고 싶지 않았기 때문이었다.

시종 그는 냉정한 마음으로 뒷전에 서서 사태의 추이를 관망만 했다. 죽은 보스의 뒤를 누가 계승하건 그 다음 자리는 자신에게 약속돼 있었다. 그 사실을 누구보다도 잘 알고 있는 만큼 현실적인 후계자 다툼은 가장 유력한 후보인 위니 스칼보와 빅거스 리아피에게 맡겨둘 수 있었다.

그런데 막상 각 가문의 보스들로 이루어진 전국적 평의 기관 인 〈라 코미쇼네〉가 후계자를 결정하기도 전에 사태는 의외의 방향으로 전개되었다. 보란 때문이었다.

위니가 뉴욕에서 대도시 보스들을 상대로 정치적인 공작을 펴 나가던 판에 보란이 공격을 가해 왔던 것이었다. 이로써 다음번 후계자로 가장 유망시되던 위니는 가까스로 생명은 건졌지만, 심한 부상을 당하고 말았다. 그는 뇌의 손상으로 걸어다닐 수도, 제 손으로 식사를 할 수도 없는 폐인이 돼버렸다.

남은 후보자는 빅 거스뿐. 그 다음 서열은 토니였다.

토니 레버니는 프랑스에서의 정신적 육체적 충격에서 완전히 벗어나 마이애미에 있었다. 그는 별다른 변화가 없는 한 그곳에 서 푹 쉬려던 참이었다.

그러던 어느 날 상부에서 긴급 연락이 들이닥쳤다. 탤리페론 형제가 라스베이거스에서 또 당했다는, 그들의 생사 여부조차 불분명하다는 내용이었다. 그 소식을 전해준 상부의 인사는 이 렇게 덧붙였다.

「허나 크게 걱정할 건 없네. 보란은 우리가 쳐놓은 그물에 걸 려들었어. 놈은 지금 프랭키 빈턴이란 이름으로 카리브로 가고 있네. 우리 편 조종사가 편히 모시고 있지, 하하. 어떤가, 자네 가 애들을 데리고 글래스베이로 가서 끝장을 내주었으면 하네만 ……?」

「알겠습니다. 기꺼이 그렇게 하겠습니다.」

토니는 시원스레 응낙했다.

「그렇게 나올 줄 알았네. 자네도 알고 있겠지만 대서양 연안의 새로운 보스로 누굴 앉혀야 할지 고민이라네. 글래스베이에서 자네가 멋진 솜씨를 보여 준다면 결정을 내리기가 훨씬 수월할 텐데. 안 그런가, 토니?」

베일에 싸인 약속에 토니 레버니는 잠시 어리둥절했으나 곧 그 의미를 깨닫고 말했다.

「무슨 말씀인지 잘 알겠습니다. 그곳엔 언제까지 가면 되겠습니까?」

「글쎄…… 가능하다면 이쪽 작전을 눈치 채지 못하도록 시간을 끌었으면 하네만…… 길어야 6시간 정도?」

「그런데 놈이 이쪽보다 빨리 도착하면 어떻게 하죠?」

「그땐 빈체 트리에스터가 처리할 걸세.」

「그렇다면 서둘러야겠군요.」

「자네가 이용할 교통편은 다 마련되어 있네, 토니. 자넨 데리고 갈 쓸 만한 애들을 모아서 제이크 슈먼에게 알리기만 하면 되네. 자네가 쓸 돈과 그 밖에 필요한 것은 모두 제이크가 제공할 걸세. 동원할 인원은 자네가 알아서 하되 시간만은 반드시 지킬 것. 사례금은 선불로 하지. 비행기 안에서 각자의 몫을 나누어 주겠네.」

사태의 긴박성으로 보아 인근의 떠돌이 총잡이를 불러다 쓰지 않을 수 없었다. 쌕쌕이 토니는 입맛이 썼다. 이번에도 탐탁한 데라곤 없는 망나니들을 긁어모아야 하다니! 하지만 찬밥 더운밥 가리고 있을 여유가 없었다.

그는 지금 그곳에 찰리 드라고네가 와 있다는 것을 알고 있었다. 찰리말고도 이런 일에 이력이 붙은 놈들이 두셋 가량은 있었다. 그럭저럭 긁어모을 수 있을 것도 같았다.

재빨리 주판알을 퉁겨본 토니는 코미쇼네의 대간부에게 조건을 내세웠다.

「단, 제게 모든 걸 일임해 주셨으면 합니다. 데리고 갈 애들을 선발하는 데 누군가 끼여 들어 가타부타하는 건 원치 않습니다. 또, 빈체 트리에스터에게도 글래스베이의 최고 책임자가 누구라는 것을 확실하게 해주십시오.」

「그런 건 걱정 안 해도 되네, 토니. 벌써 연락이 갔으니까 빈체는 자네 지시대로 움직일 걸세.」

이렇게 해서 모든 권한과 책임은 토니에게 일임되었다.

그로부터 두 시간 뒤 쌕쌕이 토니는 마이애미를 출발했다. 처음에 은근히 걱정했던 것과는 달리 상당히 쓸 만한 놈들을 용케 매수할 수 있었다. 자신의 세력권에서 멀리 떨어진 타 지방에서, 그나마 급하게 긁어모은 푼수로는 꽤 괜찮은 놈들을 모았다 할 수 있었다.

토니 레버니, 그가 이번 일의 중요성을 깊이 깨달은 것은 전세 제트기의 시트에 몸을 파묻고 나서였다. 문득 떠오르는 일말의 기대감으로 그는 정신이 번쩍 드는 것 같았다.

그도 그럴 것이 이번 일만 멋들어지게 해낸다면 그는 카스틸리오네가 저승으로 가버린 후 공중에 뜬 채 주인을 기다리고 있는 왕관의 임자가 되는 것이었다. 그것은 남부 대서양 연안 일대의 모든 것을 마음대로 조종하고 뒤흔들 수 있는 권력의 획득을 의미했다.

보스가 된다!

그때부터 쌕쌕이 토니 레버니의 머릿속은 부산하게 움직이기 시작했다. 생각을 거듭할수록 자신이 보스가 되는 게 당연하게 여겨졌다. 급기야는 〈그 왕관은 나 아닌 어느 놈도 쓸 수 없다.

내 머리에 꼭 맞는 것이니까. 이것은 누가 보더라도 상식적인 일이다〉라고 자만하기에 이르렀다.

그는 지난 25년을 조직에 충실히 바쳐 왔었다. 그 어떤 고생도 마다하지 않았다. 실패라곤 단 한 번, 프랑스에서의 패배뿐이었다. 그런데 이제 설욕의 기회가 주어졌다.

그러고 보니 조직에서 자신을 이번 일의 적격자로 뽑은 것도 다 이유가 있다 싶었다. 쌕쌕이 토니의 보스에의 꿈은 점차 무르익어 갔다.

그런데 보란과의 1차전에서 보스에의 꿈이 보기 좋게 한 방 맞은 셈이었다. 도대체가 차분하게 작전을 짜서 놈을 맞을 만한 겨를이 없었다. 덕택에 놈은 신바람이 날 만한 성과를 거두었고 말이다.

갈아마셔도 시원찮을 놈!

그러나 아직은 승패를 논할 때가 아니다. 이제 겨우 첫판을 끝냈을 뿐이니까. 더욱이 보란이 물에서 기어 올라온 지점을 찾아냈지 않은가. 그것이 토니의 기분을 북돋아 주었다.

그는 반반하게 다져진 바닷가 백사장에 서서 약 반 마일 남짓 떨어진 건물과 고작 10피트도 안 떨어져 있는 밀림과 자신이 현재 서 있는 위치를 삼각으로 이어 시선을 움직여 보았다. 모래밭은 움푹 패여 있어 건물에서는 보이지 않을 성싶었다.

「이 지점으로 올라왔다. 틀림없어!」

토니는 오른팔이라 할 수 있는 찰리 드라고네에게 자신 있게 말하고는 손바닥으로 해를 가리고 바다 위를 바라보았다.

「굉장한 거리까지 헤엄쳐 왔군그래. 1마일은 족히 되겠는데? 절반 거리의 해변을 두고 놈은 얼른 눈에 띄지 않는 이곳까지 헤엄쳐온 거야. 약아 빠진 놈 같으니! 이봐, 이걸 좀 보라구.」

마피아의 간부는 이번엔 모래에 살짝 손을 댔다.

「모래가 아직 축축해. 놈이 여기서 멀지 않은 곳에 있다는 증거야. 맞아, 놈은 여태까지 사뭇 물 속으로 헤엄쳐 왔어. 그렇다면……?」

여기서 말을 어름어름 끊더니 그는 밀림에서 바다로, 바다에서 밀림으로 번갈아 눈동자를 굴렸다. 찰리는 초조한 듯 두 손을 허리에 갖다 붙이고는 보스를 따라 시선을 옮겼다.

건물에서는 여전히 검은 연기가 치솟고 있었다. 그 연기를 뚫고 이따금 붉은 불길이 하늘로 널름거렸다. 불길이 아직 잡히지 않은 모양이었다.

보스를 따라 두리번두리번 눈을 굴리던 찰리는 결론이 못내 궁금하다는 듯 퉁명스럽게 물었다.

「놈이 다시 물 속으로 들어갔다는 말씀인가요?」

「아냐!」

토니는 바닥에 대고 침을 칵 뱉었다. 그렇게 하면 행운이 따른다는 말이 생각났기 때문이었다.

「아냐, 이렇게 엄청난 거리를 헤엄쳐 왔으니 지금쯤 녹초가 돼서 어딘가 축 늘어져 있겠지. 아마 밀림 속 어딘가일거야. 헌데 조종사가 뭐라던가? 놈이 무기를 갖고 있다고 하던가?」

「권총 한 자루밖에 못 보았다고 했습니다. 소음 장치가 된 오토매틱이라더군요.」

토니는 흥! 코방귀를 뀌었다.

「보나마나 베레타겠지. 놈은 그 총을 지겹게 좋아하거든. 이번엔 지난번처럼 그렇게 멋대로 까불도록 내버려 두진 않을거야.」

「하지만 이렇게 어물거리다간…….」

「잠시 숨통 돌릴 여유를 주지. 이 토니 레버니는 이래봬도 신사니까.」

토니는 별것 아니라는 투로 짐짓 가볍게 말했다. 그리고는 생각났다는 듯 다시 입을 열었다.

「워키토키는 누가 들었지?」

「라티고가 가지고 있습니다.」

「그럼 라티고더러 먼저 가 있는 애들에게 연락을 취하라고 해. 아까 일러 두었던 그 지점을 뒤지라고 말야. 그리고 보란에게 함부로 덤비진 말라고 단단히 일러. 놈은 만만하게 대할 놈이 아니니까. 그렇다고 양보해서도 안 돼! 한치도 물러나서는 안 된다고 전해.」

「네, 알겠습니다.」

찰리는 발길을 돌려 몇 걸음 옮기다 말고 멈칫했다. 그가 거느리고 있는 총잡이 가운데 한 사내가 허겁지겁 달려와서 들릴 듯 말 듯한 소리로 이렇게 전하는 것이었다.

「보스, 이상한 물건이 있습니다.」

토니와 찰리는 급히 부하 쪽으로 다가갔다.

이상한 물건이란 라스베이거스에 있는 카지노의 이름이 인쇄되어 있는 물에 젖어 붙은 성냥갑이었다.

「저기 나무숲에서 주웠습니다. 여기서 얼마 떨어지지 않은 곳입니다.」

그것을 주워온 총잡이의 말이었다.

「틸리는 지금 어디 있나?」

「덤불 속에요. 거기서 놈의 발자국을 찾고 있습니다.」

「발자국? 병신 같은 짓 작작하고 빨리 거기서 나오라고 해!」

이어서 토니는 찰리의 팔을 잡고 말했다.

「어서 라티고에게 연락해. 그리고 네가 거느리는 놈들을 여기다 한 줄로 세워. 간격은 절대로 10피트 이상 벌어지지 않도록 하고. 여길 중심으로 늘어서게 한다. 라티고가 정해진 지점에 가서 설 때까지는 모두 각자 자리를 지킨다. 알겠나?」

「네!」

자신 있게 대답한 뒤 찰리는 몇 걸음 떼다 말고 뒤돌아보며 한마디 덧붙였다.

「걱정 마십시오, 보스. 놈은 이제 독 안에 든 쥐나 다름없으니까요.」

그러나 토니로서는 좀체 마음을 놓을 수가 없었다. 그는 잠시 기분을 가라앉히고 보란이 떨어뜨린 물건을 주워온 부하의 뒤를 따라갔다.

걸어가면서도 토니는 끈질기게 따라붙는 의혹의 그림자를 떼내 버리지 못해 조바심 쳤다. 빈틈이라곤 없는 놈이 물건을 떨어뜨리다니! 그런 일이 있을 수 있을까? 혹 일부러 흘리고 간 것이라면? 왜? 왜 그런 잔꾀를 부렸을까?

마피아의 베테랑 토니 레버니는 흘끗 뒤를 돌아보았다. 무심한 흰구름만 눈에 들어올 뿐이었다. 그는 쓸데없는 생각을 떨치려는 듯 세차게 머리를 흔들었다. 그럴 리가 없어. 놈은 지쳐 있는 거야. 1마일이나 헤엄친 뒤이니……

문득 정신을 차려 보니 어느새 밀림의 어둠 속에 서 있는 자신을 발견할 수 있었다. 아직 한낮이었으나 밀림 속은 열대 식물의 울창한 잎이 하늘을 가려 해거름처럼 어둑어둑했다. 눈이 따가

울 만큼 밝은 백사장에 있다 들어와서 그런지 더욱 어둡게 느껴졌다.

사방에 흐드러진 풀숲은 이름모를 작은 생물들의 움직임으로 끊임없이 바스락 소리를 냈다. 인기척에 놀란 새들이 재재거리는 소리도 들렸다. 어둠에 조금 눈이 익숙해지자 발 밑으로 기어다니는 크고 작은 벌레들의 모습이 보였다.

이런 소음과 움직임들은 그러나 태곳적부터 순수하게 지켜져 온 열대림의 정적을 더욱 가중시킬 뿐이었다.

토니는 으스스한 한기마저 느끼며 밀림 깊숙이 걸어 들어갔다. 완전히 어둠에 익숙해지면서 저만큼 앞쪽의 나무에 누군가 기대어 서 있는 게 보였다.

「저기 누가 있습니다.」

같이 갔던 부하가 속삭이듯 말했다. 토니는 말없이 고개를 끄덕이고 앞쪽의 사내를 자세히 관찰했다. 나무에 기대어 있는 폼이 어쩐지 부자연스럽게 느껴졌다. 좀더 잘 보려고 조심스럽게 한 걸음 떼어 놓는 순간 그는 자신도 모르게 후닥닥 뛰어나가고 말았다. 맙소사! 그는 틸리였다. 눈알은 튀어나왔고 입은 일그러졌지만 틀림없는 틸리였다.

가까이 가서 보니 틸리는 나무에 기대어 있는 게 아니라 나무에 비끄러 매져 있었다. 그의 목엔 굵직한 덩굴이 보드라운 살을 후벼팔 듯 칭칭 휘감겨 있었다. 그 덩굴은 틸리의 숨을 끊고 다시 나무 둥치를 돌아 시신을 고정시켜 놓고 있었다.

나무 밑의 혼란한 발자국들이 죽어 가던 틸리의 고통을 말해 주었다. 보진 않았어도 토니는 모든 일을 훤히 알 수 있었다.

틸리는 정글의 어둠에 스며 있던 날렵한 그림자에 의해 미처 소리 지를 틈도 없이 나무에 묶였을 것이다. 그리고 극도의 공포 속에서 서서히 죽어 갔을 것이다.

토니의 얼굴에 경악의 빛이 떠올랐다. 주위를 둘러보았다. 틸리가 죽어 있는 나무 뒤쪽에 뭔가가 걸려 있었다. 토니는 틸리의 주검을 끼고 돌아가 보았다. 물에 젖은 슈트였다.

「절대 마음놓을 수 없는 놈이다.」

토니는 혼자 낮게 중얼거리며 겁먹은 시선으로 사방을 두리번거리다 옆에 서 있는 부하에게 명령했다.

「빨리 찰리에게 전해라. 놈은 새까만 옷을 걸치고 있다. 아니면 발가벗었거나.」

그러나 부하는 묵묵부답이었다. 보스의 말이 들리지 않는 듯 넋나간 얼굴이었다.

「이봐, 내 말이 안 들려?」

여전히 얼빠진 얼굴에 토니는 따귀를 한 대 올려붙이며 소리쳤다.

「정신 차려, 이 멍청아!」

그제서야 부하는 천천히 입을 열었다.

「틸리가 가졌던 무기…… 총이 보이지 않습니다.」

「뭐라구? 무슨 총이었는데?」

「기관총이었…….」

「기관총?」

토니는 덜덜 떨고 있는 부하를 몰아세우며 도망치듯 자리를 떴다.

역시 그랬었군. 놈은 일부러 물건을 떨어뜨린 거야. 무기를 손에 넣기 위해서. 귀신 같은 놈!

일은 자꾸만 좋지 않은 방향으로 꼬이고 있었다. 글래스베이
의 살인 계약이 보스만이 쓸 수 있는 왕관 대신 가시관을 선사하
지나 않을지, 토니는 스멀스멀 피어오르는 불길한 예감을 어쩔
수 없었다.

3
밀림의 고양이

예기치 않은 죽음의 현장으로부터 급히 사라지려 하는 두 마피아를 지켜보는 눈이 있었다. 그의 머릿속에선 마피아 리스트가 낱낱이 체크되고 있었다. 그 작업은 쌕쌕이 토니 레버니의 이름이 적힌 페이지에 가서야 중단되었다.

보란은 그제야 적의 정체를 알아낸 셈이었다. 그렇다고 기뻐해야 할 이유는 없었다.

저 워싱턴의 늙은 구렁이는 프랑스에서 보란을 잡기 위해 덫을 놓았었다. 그가 거기서 빠져 나올 수 있었던 것은 순전히 운이 좋았기 때문이었다.

한마디로 토니는 조금도 방심할 수 없는 상대였다. 레이더 장치가 된 미트 그라인더(고기 가는 기계) 같은 지독한 놈이었다. 감쪽같이 전장의 네 귀퉁이를 일시에 들어올려 적을 꽁꽁 싸맬 수 있는 재주를 가진 놈이었다.

　그렇다고는 하지만 우선 당장은 적들의 움직임을 예상할 수 있었다. 토니는 보트를 있는 대로 모아 해변에 적당한 간격으로 늘어놓을 것이다. 그리고 별로 넓지도 않은 정글을 온통 에워싸고 이 잡듯이 정글 속을 뒤져댈 것이다. 보란으로선 불가불 다시 한 번 미트 그라인더의 칼날을 상대로 싸워야 할 입장이었다.

　그래도 프랑스에서는 그에게 호의를 보이는 적군이 있었다. 매혹적인 여배우의 보드라운 손길 덕분에 그는 위기 일발에서 살아 남을 수 있었다.

　월남에서도 마찬가지였다. 아군 진지로 돌아가는 게 여의치 않으면 연락이라도 취할 여지는 언제든지 있었다.

　그러나 지금의 그에게 아군 진지는 과연 어디에 있는가? 이 낯선 세계의 그 어느 곳에 그를 도와줄 군대가 있는가?

　이런 것들은 그러나 모두가 한낱 푸념에 지나지 않음을 보란은 모르는 바 아니었다. 그에게 있어 아군 진지란 그가 있는 모든 곳, 숨을 쉴 수 있는 모든 장소였으며 그를 도와줄 군대는 곧 그가 죽일 수 있는 상대였다. 지금이라 해서 예외일 수는 없었다.

　그는 자신의 위치를 생각해 보았다. 토니라는, 무엇이든지 갈아 뭉개는 그라인더의 한복판, 생과 사의 갈림길.

　최후의 〈아군〉에게서 빼앗은 톰슨 경기관총도 벌떼처럼 모여 있는 글래스베이의 군세 앞에서는 맥을 추지 못하리라.

　결과는 불을 보듯 뻔했다. 누군가가 보란의 목을 잘라 종이 봉투에 넣고 유유히 자리를 뜨게 되겠지.

　그럼에도 불구하고 전투에 단련된 맥 보란의 머리는 전투에서 이길 수 있는 100분의 1의 가능성을 좇아 활발히 움직이고 있었다. 나무 위에서의 상황 분석에 이은 두 번째 분석인 셈이었다.
이번엔 적의 정체를 알고 있는 만큼 더욱 치밀하게 진행되었다.

우선 첫째로 적들은 지금 무슨 생각을 하고 있을까?

그들은 필경 보란이 1마일이나 헤엄을 친 지친 몸을 이끌고
그곳에서 빠져 나가기 위해 몸부림 치고 있다고 추측할 것이다.

적은 숫적으로 보란을 훨씬 능가했다. 혼자서 100명의 능력을
발휘하지 않으면 이길 수 없다. 게다가 수색대는 노련한 일선 지
휘관이 인솔중이며 전투 범위는 한정되어 있다.

그렇다면 적은 넓게 그물을 치고 중심을 향해 점점 좁혀 드는
작전을 쓸 것이다. 그런 작전에는 탁월한 지휘 능력이 요구된다.

쌕쌕이 토니 레버니에 대한 연구가 필요하다. 보란의 머리에
서 다시 마피아 리스트가 뒤적거려졌다. 어디를 뒤져 보아도 토
니가 글래스베이를 근거지로 활동했었다는 기록은 없었다. 마피
아에 관한 한 자신의 기억력에 확신을 갖고 있는 보란은 토니가
자신을 처치하기 위해 급히 파견되었음을 간파할 수 있었다.

일이 그렇게 되었다면 자신의 직속 부하들까지 대동할 시간적
여유는 없었으리라. 지금 밀림을 뒤지고 있는 놈들은 현지에서
급작스럽게 긁어모은 뜨내기임에 틀림없었다.

아마도 형무소에서 콩밥을 먹던 놈들이나 술집 따위를 전전하
던 깡패 부스러기들에게 총을 주고 여기까지 끌고 왔겠지.

그러고 보니 이런 꿍꿍이가 있을 법도 했다. 즉 보란이 미국의
뒷마당이라 할 수 있는 이런 한적한 섬에서 뜨내기 총잡이들과
피흘려 싸우고 있는 동안 마피아의 회전 목마는 엄청난 이익을
얻을 수 있는 코스를 아무런 해도 입지 않고 여유 있게 돈다는.

절대 그렇게 내버려 두지는 않으리라. 보란은 마음을 다잡았

다. 그가 이 열대의 섬에까지 온 이유는 놈들의 조직을 모조리 파괴해 다시는 암약하지 못하도록 하고 또 가능하다면 이 카리 브해에서 놈들의 씨를 말려 버리기 위해서였다.

다시 말해서 놈들을 웬만큼 골탕만 먹이고 끝낼 생각이었다면 라스베이거스에서 탈출하여 이곳까지 오는 동안에 충분히 해치 울 수도 있었을 것이다.

그의 목적은 보다 근본적인 데 있었다. 따라서 눈앞의 문제, 곧 글래스베이에서의 전투는 전초전에 불과했다. 그 자신의 보다 커다란 목적이라 할 수 있는 카리브해의 회전 목마를 때려부수는 대살육전으로의 여정에 필히 거쳐야만 하는……

좋다, 토니 레버니어! 포위망을 좁혀라!

맥 보란의 얼굴에 냉랭한 미소가 스쳤다. 물리전을 원한다면 이쪽에선 심리전으로 맞설 수밖에. 적에게 부분적인 타격을 가해 진격 속도를 지연시킴으로써 기선을 제압할 것이다.

보란은 톰슨 경기관총을 어깨에 멘 다음 베레타에다 소음 장치를 했다.

준비 완료!

드디어 공격을 가할 때가 왔다.

최고 지휘관인 토니 레버니는 대원들을 제 위치에 배치하고 선발대가 속히 배치를 끝내기를 초조하게 기다리고 있었다. 그의 앞에는 손으로 그린 밀림 지도 한 장이 펼쳐져 있었다.

그는 그 지도를 한동안 들여다보고 나서 가장 미더운 부하 찰리에게 물었다.

「이 정글을 걸어서 빠져 나가려면 얼마나 걸리겠나?」

찰리는 어깨를 으쓱해 보이며 신중하게 대답했다.

「글쎄요. 그야 사람에 따라 다르겠죠. 하지만 별로 멀리 가지
는 못 했을 겁니다.」

「한…… 반 나절쯤 걸릴까? 아냐, 놈은 정글에 익숙하니까 또
모르지.」

「놈이 정글 저쪽으로 빠져 나가리라고 보십니까?」

「그래, 나라면 그렇게 했을 테니까.」

토니는 그 굵은 손가락으로 지도를 툭 치며 덧붙였다.

「나 같으면 곧장 이 사탕수수밭을 빠져 나갈 거야. 그래 가지
고…… 여기 이 지점에서 자동차를 얻어 타든 훔쳐 타든 해서 좌
우간 샌 주안으로 가겠지.」

「놈도 그럴 겁니다. 어디든 가서 구원을 청해야 할 테니까요.
잘 보셨습니다. 놈은 틀림없이 샌 주안으로 갈 겁니다.」

찰리가 고개를 끄덕이며 맞장구쳤다. 그러다가 무슨 생각이
났는지 머리를 벅벅 긁으며 말을 이었다.

「근데 말입니다, 보스. 놈은 지금 자기가 어디쯤 있는지나 알
고 있을까요? 지도도 없을 텐데요.」

「자넨 벌써 잊었나? 놈은 비행기로 왔다는 걸 말야.」

토니는 한숨을 쉬고 말을 이었다.

「설사 그렇지 않다 해도 마찬가지야. 어떤 곳에 갖다 놓아도
그런 것쯤은 알 수 있는 놈이니까. 그건 그렇고 아까 내가 한 말,
빈체에게 전했나?」

「그거야 물론이죠. 요 일대 주민들을 샅샅이 알아보라고 일러
두었습니다. 곧 사람 하나를 이쪽으로 보내올 겁니다. 이 지방놈
인데 보스하고 연락을 취하기 위해서요. 빈체 말이 저쪽은 아직

엉망이라더군요.」

「불길은 잡힌 것 같던데?」

「그렇긴 합니다만, 쓸 수 있는 게 하나도 없다고 투덜대던 걸요. 타버리거나 물에 젖어서요.」

「알아서 하겠지. 그리고 라티고에게 두 놈쯤 농장 쪽으로 돌리라고 해. 사탕수수밭 말이야.」

「그렇게 하죠.」

「특별히 쓸 만한 놈으로.」

「말씀 안 하셔도 압니다.」

「헬리콥터는 어떻게 됐지?」

「벌써 손을 써두었습니다. 그래도 그리말디 말로는 한 시간쯤 걸릴 거라구……..」

「언제부터 한 시간이라는 거야?」

「지금부터. 가만 있자. 5분 전에 얘길 했으니까 이제 55분 남았습니다.」

이어서 찰리는 워키토키를 손에 들고 있던 수영 팬티 차림의 사내를 손가락으로 불렀다.

「무전기를 가져와. 케리.」

케리라 불린 사내는 급히 찰리 앞으로 트랜지스터 무전기를 내밀었다. 옆에 섰던 토니가 대신 손을 내밀며 말했다.

「라티고에게…….」

여기까지 말했을 때였다. 무전기는 스스로의 의지에 의해 움직이는 생명체인 양 돌연 튀어올라 저만큼 가 떨어졌다. 일행이 정신을 차리기도 전에 이번에는 케리가 털썩 무너졌다. 커다랗게 부릅뜬 케리의 두 눈 사이에 뚫린 시커먼 구멍에서 울컥 피가

솟았다.

해변에 늘어서 있던 사내들은 반사적으로 모래밭에 납작 엎드렸다. 총알이 날아온 방향을 가늠하느라 수십 개의 눈동자가 부산하게 움직였다.

「어디서 쐈을까?」

토니가 헐떡거리며 물었다.

「저도 모르겠습니다. 분명 총알이 날아오긴 했는데 그게 도대체…….」

「케리가 즉사했습니다.」

옆에 엎드려 있던 한 사내가 말했다.

「죽은 놈 생각할 때가 아냐. 놈이 어디 있냐니까!」

「도무지 보이지 않습니다. 총소리도 안 났잖아요?」

「빌어먹을! 놈은 총에다 소음 장치를 해가지고 다닌단 말야.」

수십 명이 엎드려 있는 해변 모래밭에선 숨소리조차 들리지 않았다. 상당한 시간이 흘렀건만 누구 하나 선뜻 일어서려 하지 않았다.

계속 모래밭에 배를 깐 채 찰리가 말했다.

「이제 보니 놈은 사탕수수밭으로 갈 생각이 아닌 모양입니다, 보스.」

「무전기만 박살을 내놓고 사라지다니!」

다음 순간 토니는 벌떡 일어서서 마구 화를 내며 고함을 질렀다.

「제기랄! 여기가 너희들 안방인 줄 알아? 언제까지 나자빠져 있을 작정이야? 빨리 일어들 나지 못해? 그리고 찰리, 넌 저쪽으로 가라. 난 이쪽으로 간다. 허리를 너무 들지 않도록 조심하고. 대열 끝까지 가면 총 두 발을 쏘아 신호하겠다. 그러면 모두 전진하는 거다. 옆사람과 간격을 벌려 가면서. 단, 보이지 않을 만큼 너무 멀리 떨어지면 곤란하다. 목숨이 아깝거든 명심하라고 일러. 젠장!」

보란이 있는 곳에서는 해안으로 향한 시각이 제한되어 있었다. 마치 직경 2피트짜리 파이프를 통해서 보는 것처럼 고작해야 정면의 것들만 보일 뿐이었다.

그러나 1, 2피트만 더 오른쪽으로 비켜 섰다면 어렵잖게 토니를 고꾸라뜨릴 수 있었을 것이다. 사실 무전기를 든 송사리가 그의 표적은 아니었다.

그러나 결과는 마찬가지였다. 보란의 메시지는 정확히 전달된 셈이었다. 그것만으로도 보란은 매우 흡족했다.

하얀 모래밭에 오염의 검은 띠를 그리며 늘어서 있는 놈들의 애간장을 바짝바짝 태워 주고 놈들이 뻔히 보는 앞에다 죽음의 그림자를 던져 주면, 그것으로 족했다. 그는 그 충격으로 놈들이 머뭇거리는 사이에 재빨리 다음 공격 장소로 이동해 갔다.

모든 건 계획대로 잘 진행되었다. 그는 숲이 거의 끝나 나무가 비교적 듬성듬성한 지점에 이르자 몸을 숨기고 사격 자세를 취했다.

마침 쓰러진 고목이 있어 좋은 엄폐물 구실을 해주었다. 지면은 그가 몸을 숨긴 지점 바로 앞에서 급한 경사를 이루며 모래밭으로 이어지고 있었다.

지금 그가 있는 곳에서는 정면뿐만이 아니라 좌우 어느쪽도 훤히 보였다. 그는 잠시 출렁이는 바다에 시선을 던졌다.

이윽고 오른쪽 해안으로 토니의 모습이 나타났다. 그는 라이플을 들고 서 있는 사내들의 줄을 따라 재게 걷고 있었다. 왼쪽으로도 웬 사내가 마찬가지로 이동하고 있었다. 사내들의 모습은 수륙 양면 작전을 위해 상륙해서 돌격 개시 신호를 기다리는 병사들을 연상시켰다.

보란은 그들이 무슨 작전을 쓰려는지 한눈에 알 수 있었다. 예의 싸늘한 미소가 다시 한 번 그의 얼굴에 떠올랐다. 그는 톰슨을 최종 점검하고 저격이 가능한 각도를 계산해 보았다. 일단 수평 각도 30도로 기준을 잡고 거기에 맞추어 적진을 관찰했다.

놈들은 10 내지 12피트 간격으로 늘어서 있었다. 복판을 향해 총을 쏘기 시작해서 좌우 어느 쪽으로든지 총신을 5도 돌리면 된다. 그렇게만 해도 한꺼번에 너댓 놈쯤은 가볍게 처치할 수 있으리라.

그러나 보란에게도 허점은 있었다. 오른쪽의 방비가 엉성했던 것이었다. 놈들이 그 점을 눈치 채고 오른쪽으로 집중적인 공격을 가해 온다면 그대로 게임은 끝날지도 몰랐다.

그래서 보란은 첫 번째 사격을 가하고 나면 총신을 바로 15도 우측으로 돌려 그쪽에서의 반격을 극소화시켜야겠다고 마음먹었다. 공격이 생각대로 된다면 자리를 뜨기 전에 또 한 번 우측을 진정시켜줄 생각이었다.

이 모든 작전이 실효를 거두려면 또 하나 염두에 두어야 할 요소가 있었다. 시간이었다. 작전 시간은 길어야 수 초. 번개처럼, 따끔하게, 그리하여 무슨 일이 벌어졌는지 적이 미처 깨닫기 전에 공격을 끝내야 했다.

계획대로라면 이번 교전으로 적과의 세력차를 현재보다 5분의

1쯤 줄일 수 있을 것 같았다.

우수한 자동 화기, 정글이라는 유리한 지형 조건을 갖춘 그로서는 선제 공격권을 계속 지켜 나가는 한 승산이 있었다. 더구나 그는 뜨내기 총잡이들과는 비교도 안 될 정도로 전의에 불타 있었다.

그는 토니 레버니가 늘어선 사내들의 끝에 이르자 리볼버를 불쑥 치켜드는 것을 보았다. 다음 순간 두 발의 총성이 귀를 때렸다.

줄잡아 30명은 되어 보이는 사내들은 그것을 신호로 하얀 모래 위를 무섭게 내닫기 시작했다. 그러나 그들이 먼저 도착하려고 기를 쓰는 골인 지점에는 잘 점검된 톰슨 경기관총이 검은 입을 벌리고 있었다.

셋…… 둘…… 하나.

지금이다!

톰슨이 불을 뿜었다. 계속되는 무시무시한 총성이 파라다이스의 해변을 핥으며 사내들의 영혼을 끌고 멀리 사라졌다.

모래밭 여기저기에 붉은 꽃이 피어났다. 비명과 신음!

대열이 무너졌다.

불과 몇 초 사이의 일이었다. 보란은 곧 철수하기 시작했다. 애초의 계획에서 한치의 오차도 없이 해치운 것이었다.

그는 언제나 그를 반가이 맞아 주는 충실한 친구, 정글의 품속으로 민첩하게 사라져 갔다. 그가 떠난 자리에는 주검과 공포의 파라다이스가 남아 있을 뿐이었다.

그의 활동적인 두뇌는 세 번째 작전을 세우고 있었다.

토니와 찰리는 중앙에서 서로 만나 나무들을 엄폐물로 삼고 병력을 재정비했다. 그곳에 미처 도착하지 못한 여덟 명은 그대로 놔두었다.

「뭘 믿고 이렇게 나오는 거지?」

토니의 질문이었다. 아니 그것은 차라리 경탄에 가까웠다. 찰리는 열대의 더위와 긴장으로 온몸이 땀투성이였다.

「낸들 압니까?」

사뭇 분통 터진다는 듯 찰리가 내뱉었다.

「정말 대단해. 나 같았으면 벌써 정글에서 빠져 나갔을 텐데……」

「혹 놈이 어디 다친 건 아닐까요? 비행기에서 뛰어내릴 때 잘못해서……. 그래서 몸을 마음대로 못 놀리니까 정글에서 빠져 나가지도 못하고 발악을 하고 있는 게……」

「그럴 가능성도 있겠지.」

토니는 제법 그럴 듯하다는 듯 고개를 끄덕이다 입을 열었다.

「아무튼 좋다, 찰리. 나에게도 작전이 있으니까.」

찰리의 눈이 한순간 반짝였다. 그의 눈길은 보스의 다음말을 고대하고 있었다.

「간단해. 아무리 날고 긴다 해도 총알이 떨어지면 이빨 빠진 호랑이지. 그때를 기다리는 거야. 놈의 총알 숫자보다는 우리들의 머릿수가 훨씬 많을 테니까. 안 그런가?」

「아이구, 무슨 말을 그렇게 하십니까? 애들이 들으면 어쩌시려구요? 안 그래도 바짝 얼어 있는데……」

찰리가 목소리를 한껏 낮추며 말했다. 토니가 정색을 하고 좀 사나운 표정으로 무슨 말인가 꺼내려 했을 때, 다시금 요란한 톰슨의 울부짖음이 들려 왔다. 대열의 맨 끝쪽에서였다.

「전투 개시다!」

화들짝 놀라 소리치며 토니는 반사적으로 달려나갔다. 찰리도 그 뒤를 따랐다.

그러나 마피아 간부들이 새로운 총격전이 벌어진 지점에 도착하기도 전에 밀림의 고양이 맥은 세 번째 저격 임무를 기막히게 완수했다.

숫적으로 불리한 보란은 기본적으로 게릴라 전술을 구사하고 있었다. 적들을 그가 생각하는 장소로 유인해 감쪽같이 해치우고는 즉시 다른 장소로 이동한다. 이것이 그가 세운 작전의 뼈대였다. 즉 미트 그라인더의 칼날의 간격을 벌려 놓아 그 틈새로 살짝 빠져 나가려는 구상이었다.

세 번의 기습은 그 작전의 우수성을 증명해 주었다. 보란은 거목의 가지에서 살그머니 일어나 자신의 성공을 흡족한 눈초리로 내려다보았다.

그의 발 밑에선 겁에 잔뜩 질린 적들이 대열을 다시 가다듬고 북쪽으로 향하고 있었다. 몇몇은 죽어 자빠진 동료들의 무기를 주섬주섬 주워 올리고 있었다.

보란은 그 꼬락서니에 대고 통쾌하게 웃어 주고 싶은 충동을 억눌러야 했다. 그는 토니의 속셈이 무엇인지 환히 꿰뚫고 있었다. 보란에게 총알이 얼마 없다는 것을 아는 토니로서는 그것이 다 떨어질 때까지 부하 몇 놈쯤 미끼로 삼아 죽게 내버려 두는 것 정도야 아무렇지도 않게 여겨질 터였다.

그러나 거기에 말려들 맥 보란이 아니었다. 그는 1단계 작전을 거기서 매듭지을 생각이었다. 적을 때려잡는 일은 이미 그의 관심사가 아니었다. 자신이 숨쉬기에 필요한 공간은 확보한 셈이었고 그것을 활용해 2단계 작전에 착수해야 했다.

그는 쌕쌕이 토니 일행이 북쪽으로 향하는 광경을 한동안 지켜보았다. 어리석은 놈들! 밀림 속을 헤매려면 땀깨나 흘리겠군.

맥 보란은 다음 목표물을 향해 소리없이 이동해 갔다.

4
도망자

글래스베이에서의 가장 손쉽고 또 가장 빠른 퇴로는 정글을 빠져 나간 후 해안 평야를 가로질러 내륙의 산으로 오르는 길일 것이다.

도망자는 거기서 자동차를 입수해서 인구 50만 명은 족히 되는 샌 주안으로 갈 수 있다. 도시의 그림자에 얼마 동안 몸을 숨기고 있다가 잠잠해진 틈을 타서 선박 혹은 비행기로 미국 본토로 직행하면 된다.

그러나 보란은 그 방법을 선택하지 않았다. 거기에는 나름대로 두 가지 이유가 있었다.

첫째 이유는 적들도 똑같은 생각을 하리라는 점이었다. 놈들이 이쪽 속셈을 미리 알아차리고 선수라도 쳐온다면 도저히 당해낼 것 같지가 않았다.

둘째 이유는 샌 주안에서 죽치고 있을 생각이 털끝만치도 없

다는 사실이었다. 카리브에서의 작전을 끝내지도 않은 채 설 건
드려 놓고 어물어물 물러서기는 싫었다.

그는 글래스베이로 곧장 잠입해 들어가 적의 아지트를 지나
맞은편 마을에 이르는 도로로 빠지기로 마음먹었다. 그런 다음
그때그때 상황에 따라 마피아의 자금 루트를 부수어 나갈 작정
이었다.

우선 당장은 글래스베이에서 어떻게 빠져 나가느냐 하는 게
가장 큰 문제였다. 보란은 밀림의 동쪽 끝으로 전진해서 주위의
동향을 살폈다. 그곳은 적의 아지트에서 200야드 남짓 떨어진 구
릉 위였다.

불길은 거의 잡힌 모양이었다. 그러나 아직 완전히 사그라지
진 않은 듯 이따금씩 연기가 피어올랐다.

화재로 내려앉은 건물 주변에서는 지칠 대로 지친 사내들이
굼뜨게 움직이고 있었다. 모두 열 놈이었다.

몇 놈은 여전히 소방 호스를 잡은 채였고 나머지는 뒤치다꺼
리를 하고 있었다. 가구며 집기 나부랭이가 잔디밭 위에 아무렇
게나 팽개쳐져 있는 것도 보였다.

그로부터 약간 떨어진 곳에는 시체들이 흰 시트를 뒤집어쓰고
가지런히 뉘어져 있었다.

보란은 생각에 몰두한 얼굴로 시계를 들여다보았다. 밀림에서
의 첫 교전 후 40분이 흘렀다. 그 40분 동안 적의 전력을 반으로
축소시키고, 살아 있는 놈들도 목숨이 붙어 있는 것을 실감하지
못할 만큼 혼쭐을 내놓은 것이었다.

그의 위치에서 수백 피트의 빈터를 사이하여 건물 뒤쪽이 보
였다. 그곳엔 보다 작은 건물 네 채가 반원형으로 둘러서 있었

다. 그것들은 화재의 피해를 당하지 않았는지 모두 말짱했다.

그 가운데 두 채는 방갈로였고 한 채는 창고인 듯했다. 나머지 한 채는 사무실인 것 같았다. 방갈로 사이에는 폭스바겐 한 대가 주차해 있었다.

그들 네 건물의 뒤켠으로 또 한 채의 길쭉한 건물이 자리했다. 자동차를 열 대는 더 수용할 수 있을 성싶은 카 포트 위에 숙소를 마련한 것이었다.

보스를 따라온 총잡이들의 숙소라 짐작되었다. 원래는 글래스베이 리조트의 고정 경호원들과 운전사들의 숙소였으리라.

그곳은 인기척이 없이 고요했고 주차시켜 놓은 자동차도 보이지 않았다. 그것으로 미루어 토니 일당은 자동차가 아니라 비행기로 그곳까지 왔음을 알 수 있었다.

보란의 관찰은 계속되었다. 멀리 동쪽 끝에 아치형의 문이 있었다. 그 문 밖에서 건물 부지 안으로 흘러 들어온 검은 아스팔트 길은 잘 가꾸어진 정원을 가르고 카 포트를 지나 자갈을 깔아 놓은 광장에서 끝났다. 거기에서부터는 비포장 도로였다. 그 길은 지금 보란이 있는 곳으로 이어졌고 다시 건물들이 늘어선 정글 가까이로 약 100야드 정도 우회해서 부지 뒤켠으로 휘어졌다.

아직 포장이 안 된 길을 따라 시선을 옮기던 보란은 지프 한 대가 세워져 있는 걸 발견했다. 자신의 현재 위치로부터 채 100피트도 떨어져 있지 않을 성싶었다. 그 지프 뒤에 톰슨 경기관총을 거머쥔 사내 두 명이 서서 밀림 쪽을 지켜보고 있었다.

정글 저 안에서는 간간이 총성이 들려 왔다. 그 총성은 단발로 끝나는 때도 있었고 일제 사격인 경우도 있었다. 토니 일행이 쏘아 대는 것이었다.

요행히 살아 남은 그들은 잔뜩 겁에 질려 움직이는 것이면 무엇이건, 혹은 움직이는 물체로 보이는 것이면 닥치는 대로 총질을 해대는 것이리라.

보란은 고소를 금할 수 없었다. 그의 작전은 그대로 들어맞은 셈이었다. 이런 상태가 5분만 더 계속된다면 놈들은 동지고 뭐고 눈에 띄는 대로 총질부터 하고 볼 것이다.

밀림 속의 초긴장 상태와는 대조적으로 그곳 건물 주변은 한가롭기까지 했다. 지프로 통로를 차단하고 있던 두 사내는 총성을 듣더니 수색대가 점점 더 멀어져 가고 있다고 생각했는지 한결같이 태평스러운 자세들이었다.

이윽고 그 중 한 사내가 무기를 땅에 내려놓고 제법 여유 있게 담뱃갑을 꺼냈다. 그는 담배를 입에 물다 말고 동료를 바라보더니 성큼 그쪽으로 다가가 불쑥 담뱃갑을 내밀었다.

두 줄기 연기가 사이좋게 피어오르다 한데 엉키며 흩어졌다. 그들은 보란에게 등을 돌린 채 두런두런 이야기를 나누었다. 멀리선 계속 총소리가 들려 왔다.

지프는 보란을 글래스베이에서 탈출시켜 줄 훌륭한 티켓이 아닐 수 없었다. 그는 지프를 빼앗기로 결심하고 베레타를 들어 두 총잡이를 겨냥해 보았다. 베레타의 사정 거리는 약 30야드, 탄도의 낙차를 수정하지 않고 목표를 겨냥할 수 있는 거리는 25야드였다.

정상적인 상태에서라면 지금 정도의 거리에서 폭 2인치의 목표물을 적중시킬 수 있었다. 그러나 소음 장치를 했을 때는 사정이 달라진다. 보란으로서는 지프가 필요한 것만큼이나 정적도 필요했다.

그는 탄도 수정을 어떻게 해야 할지 머릿속으로 열심히 계산했다. 바로 그때였다. 건물 쪽에서 난데없이 폭스바겐 한 대가 튀어나왔다.

보란은 순간 숨을 멈추었다. 차는 카 포트 앞, 자갈이 깔린 광장에서 급정차했다. 차에는 뜻밖에도 웬 여자 한 명과 사납게 생긴 사내가 타고 있었다.

풀기 없는 후줄근한 셔츠 차림의 그 사내는 차가 멈추기가 무섭게 뛰어내리더니 여자를 차 밖으로 끌어내었다. 여자는 앙칼지게 반항했으나 사내의 거센 손길을 이기지 못하고 방갈로 쪽으로 끌려갔다.

지프 옆에 서 있던 두 총잡이는 끈끈한 웃음을 흘리며 그 드라마를 지켜보고 있었다. 사내와 여자가 집 속으로 사라지자 그들은 기다렸다는 듯 낄낄대기 시작했다. 그들이 무슨 말을 하는지는 알 수 없었으나 간간이 〈빈체〉라는 말이 희미하게 들리는 것으로 보아 여자를 끌고 간 사내의 이름이 빈체인 듯싶었다.

예기치 않게 뛰어든 폭스바겐을 어떻게 해석해야 할지 보란은 잠시 망설였다. 더구나 낯선 여자의 출현은 그를 더욱 당혹게 했다. 그녀는 마피아의 각본에 있던 여자가 아닐 것이라는 예감 때문이었다. 도대체 그녀는 누구인가? 저런 곳에서 무얼 하고 있는 것일까? 놈들은 왜 그녀를 붙잡아 들인 것일까?

그러나 보란은 애써 그 생각을 뿌리치려 했다. 그녀가 누구건, 왜 그곳에 있건 그것은 위기에 처해 있는 자신이 신경 쓸 바가 아니었다.

이제 그녀는 어떻게 될까? 그래도 고개를 쳐드는 호기심에 그는 머리를 좌우로 흔들었다. 신경 쓰지 말자. 어쩌면 글래스베이의 자동차 운전사 마누라일지도 모르지 않은가. 아니면 어떤 놈의 정부인지도. 혹은 그곳에서 몸을 파는 창녀일지도 모른다. 아무튼 현재 보란으로서는 자신의 일만으로도 뻐근할 지경이었다.

그는 조금 전에 보았던 그 여자에 관한 생각은 한쪽으로 접어 두고 자신의 생존 문제에 다시 몰두했다. 지프 옆의 사내는 무전기를 들고 누군가와 말을 주고받고 있었다. 새로운 지시를 받는 모양이었다.

무전 연락이 끝나자 두 사내는 그때까지도 입에 물고 있던 담배를 휙 내던지고 지프 양쪽으로 올라탔다.

베레타는 금세라도 불을 토할 듯 앞으로 쑥 내밀어져 있었다. 기민한 두뇌와 정확한 눈, 그리고 숙달된 손이 삼위 일체가 되어 탄도 수정을 마친 뒤였다.

보란은 놈들이 톰슨을 내려놓고 시동을 거는 순간을 기다렸다. 엔진 소리는 그의 공격에 좋은 파트너가 되어줄 터였다. 보란은 자신에게 조금이라도 도움을 주는 것이라면 그 어떤 것이든 적절하게 이용할 줄 아는 전투원이었다.

부르릉! 엔진이 낮게 신음했다. 그와 때를 같이 해서 베레타의 방아쇠가 당겨졌다. 핸들을 잡고 있던 사내가 앞으로 고꾸라졌다.

옆에 앉았던 사내가 영문을 몰라 하며 동료의 상체를 뒤로 젖혔다. 정확하게 심장 부위에서 붉은 피가 샘솟았다. 사내는 사색이 되어 자리를 박차고 차에서 뛰어내렸다.

그러나 사내의 발이 땅바닥에 닿기 직전에 또 한 번 베레타가 낮게 기침을 했다. 턱과 목이 형편없이 뭉개진 사내는 톰슨을 끌어안은 채 지프 옆에 널브러졌다.

보란은 방갈로에서의 반응을 지켜보았다. 무거운 침묵의 순간이었다. 그러나 방갈로에선 아무런 기척도 없었다. 그제서야 보란은 허리를 펴고 일어나 여유 있게 지프 쪽으로 다가갔다.

엔진은 시동이 걸린 상태에서 덜덜거리고 있었다. 보란은 땅바닥에 쓰러진 사내를 일단 건물 반대편으로 끌고 갔다. 놈의 얼굴은 그야말로 묵사발이 되어 누가 보아도 못 알아볼 정도였다. 베레타의 파라베람탄은 입으로 들어가 두개골을 완전히 박살내고 뒤통수로 빠진 모양이었다.

그런 시체를 끌고 가면서도 보란은 눈살 하나 찌푸리지 않았다. 목적한 곳에 당도하자 그는 놈이 입고 있던, 꽤 고급 상표가 붙은 스포츠 셔츠와 순백색 바지를 벗겨 검정색 스킨슈트 위에 걸쳤다. 약간 작은 듯했지만 그런 대로 입을 만했고 무엇보다 옷에 피가 튀어 있지 않아 기분이 괜찮았다.

다시 지프로 돌아와 이번에는 운전석에 벌렁 나자빠져 있는 사내를 끌어내려 동료 옆에 사이 좋게 뉘었다.

시체 치우는 작업이 끝나자 시체에서 찢어 가지고 온 옷자락으로 지프 안에 묻어 있던 핏자국을 말끔히 닦았다. 땅바닥에 떨어져 있던 톰슨을 주워 뒷좌석에 싣는 것도 잊지 않았다. 그의 무기고는 점점 충실해져 갔다.

화재 현장에서 귀찮은 정리 작업을 하고 있는 사내들 사이로 보란은 천천히 차를 몰았다. 누군가가 부럽다는 눈초리로 그에게 말을 붙였다.

「어이, 나 대신 일 좀 해주지 않겠나?」

「밥줄 떨어지고 싶지 않으면 입 닥쳐!」

한마디 뱉어 주고 보란은 계속 지프를 몰았다.

이쯤 됐으니 감쪽같이 빠져 나온 것이나 다름없었다. 코로 들어오는 공기가 훨씬 향긋하게 느껴졌다. 그때 버려진 폭스바겐이 눈에 들어왔다. 그의 마음 저 밑바닥에서 짓궂은 호기심이 꿈틀거렸다.

그는 유혹을 뿌리치고 폭스바겐을 우회해서 전진했다. 그러나 얼마 안 가서 지프를 세우고 말았다. 호기심이 아닌 〈내부의 소리〉 때문이었다. 혼자서만 빠져 나갈 수는 없었다. 그 여자 역시 자신과 마찬가지로 곤경에 처해 있는 건지도 모른다. 모르는 체하고 내버려 두고 갈 수는 없다!

그는 지프를 다시 돌려 방갈로 쪽으로 향했다. 방갈로 앞에 서니 화가 머리끝까지 난 사내의 호통 소리가 들렸다. 그는 베레타를 다시 장전하여 홀스터 속에 넣었다. 지프는 엔진을 끄지 않은 채 방갈로 사이에 세워 두었다.

물에 흠뻑 젖은 그을음투성이의 사내가 문 앞에 서 있었다. 보란의 돌연한 출현에 사내는 경계의 빛을 띠며 날카롭게 물었다.

「웬놈이냐?」

사내는 임시 고용인이 아니었다. 글래스베이의 고정 경비원 누구누구라고 새겨진 옷이 그걸 말해 주었다.

「빈체, 안에 있나?」

보란의 무게 있는 태도에 사내의 기가 좀 꺾인 듯싶었으나 경계하는 눈초리만은 여전했다.

「지금 바쁘신데…….」

「그래?」

너 같은 것하고 상대할 시간이 없다는 태도로 보란은 사내를 젖히고 안으로 들어가려 했다. 그러나 사내는 보란의 앞을 가로 막으며 다소 누그러진 말투로 물었다.

「누구신지?」

사실 보란으로선 그런 곳에서 헛된 시간을 보낼 입장이 아니었다. 상대가 이렇게 붙들고 늘어진다면 다른 해결책은 있을 수 없었다. 보란은 대답 대신 베레타를 뽑아 경악하는 사내의 코에 바람 구멍을 내버렸다.

무릎을 꺾으며 앞으로 쓰러지는 사내의 몸을 뒤로 밀어뜨리고는 문을 밀고 안으로 들어갔다.

방 안에선 웃통을 벗어 던진 사내가 소파 옆에 서서 막 시가에 불을 붙이려던 참이었다. 발자국 소리에 고개를 든 사내는 순간 성냥과 시가를 떨어뜨리고 소파 뒤로 재빨리 몸을 사렸다. 죽어 자빠진 보디가드와 키 큰 불청객의 손에 들려 있는 베레타가 죽음이 멀지 않은 곳에 있음을 말해 주었던 것이다.

불청객의 입에서 얼음장 같은 차가운 음성이 새어 나왔다.

「여자를 내놔라!」

「마, 맘대로…….」

글래스베이의 보스는 연신 손바닥을 비비며 가까스로 대꾸했다.

여자는 얼굴빛이 가무스름한 걸로 보아 푸에르토리코 출신인 것 같았다. 곱상한 얼굴에 나이는 스물댓 정도로 보였다. 짧은 스커트에 무명 블라우스가 싱싱함을 더해 주었다.

떼밀려 쓰러진 듯 엉거주춤 소파에 누워 있는 그녀는 어깨까지 찢어진 블라우스를 굳이 여미려고도 하지 않았다. 팔뚝이며 심지어 얼굴에까지 난 채찍 자국은 살짝 내다보이는 풍만한 가

습과 함께 사디스트의 성욕에 불을 지르기에 충분해 보였다. 눈
물에 젖은 두 눈은 더욱 고혹적이었다.

보란의 직선적인 눈길에도 그녀는 꼼짝하지 않았다. 지칠 대
로 지친 것이리라. 그는 다시 안절부절못하고 있는 사내에게 눈
을 돌렸다.

빈체 트리에스터. 보란은 머릿속에 있는 마피아 리스트에서
그의 약력을 뽑았다. 디트로이트 일대에서 마약과 밀매음으로
이름이 알려지게 된 망나니. 돈놀이, 계약 살인 할 것 없이 돈이
되는 일이면 어떤 것이라도 마다 않는 작자였다.

얼마 전에는 미시간의 범죄 위원회에서 자기 아내와 친동생이
불리한 증언을 하려 하자 깨끗이 없애 버림으로써 조직의 신임
을 얻기도 했었다.

그 일이 있고부터 그의 인생은 순풍에 돛을 단 격이었을 것이
다. 적어도 이 순간까지는.

보란의 시선이 계속 자기에게 꽂혀 있자 사내는 더욱 어쩔 줄
몰라 했다.

「데려가, 얼마든지.」

보란은 아무 말도 하지 않았다.

「데려가라구. 이 계집은 이제 네 거야. 그리고 넌 토니가 맡고
있으니까 못 본 것으로 하겠어. 어때, 이만하면 피장파장 아냐?」

「호의는 고맙지만 그렇겐 안 되겠어.」

보란은 베레타의 중추 신경을 살며시 어루만졌다. 죽음의 사
자가 소리없이 사내의 심장을 후벼팠다. 빈체 트리에스터로서는
이제야 자기 죄값과 피장파장이 된 셈이었다.

소파 위의 여자는 찢어져 자꾸만 흘러내리는 블라우스 앞섶을

아예 붙들고 앉아 달달 떨고 있었다. 그녀의 애처로운 눈초리는 그에게 구원을 호소하고 있었다.

「이제 안심하시오.」

그녀의 눈에서 기쁨과 의혹이 교차되었다.

「자, 어서 일어나시오.」

머뭇거리는 그녀를 부축해 안고 보란은 문으로 향했다. 그녀는 보란을 믿어 보기로 작정했는지 순순히 걸음을 떼었다.

지프에 당도하자 그녀는 기다시피 해서 뒷좌석으로 올라타더니 몸을 바짝 웅크렸다. 그것을 보고 보란이 흔쾌히 말했다.

「이젠 정말 안심해도 좋소.」

그녀의 얼굴에 비로소 희미한 미소가 떠올랐다. 지프는 방향을 틀면서 방갈로 옆을 벗어나 아스팔트를 달렸다.

동쪽 끝에 있는 아치형 문에 이르자 그곳을 지키고 있던 사내가 쇼트건을 빼들더니 지프를 가로막았다.

보란은 속도를 훨씬 줄여 차를 세우는 척하다가 마지막 순간에 힘껏 액셀러레이터를 밟았다. 별반 의심 없이 형식적인 검문을 하려던 사내는 총알처럼 튀어나오는 지프를 피할 겨를이 없었다. 지프는 사내를 보닛 위에 털썩 얹은 채 몇 피트 그대로 질주하다가 길 옆 덤불 속에 내동댕이쳤다.

그들은 이제 건물 부지에서 벗어났다. 앞을 가로막는 것은 아무 것도 없었다. 도로는 해안을 끼고 야트막한 고개 위로 이어져 있었다.

「힘들지 않소?」

보란의 말에 뒷좌석에 웅크리고 있던 여자가 살며시 고개를 들었다. 보란은 앞좌석으로 건너오라는 손짓을 했다. 그녀는 몸

을 일으켜 세우더니 잠시 머리칼을 다듬고 나서 보란 옆으로 넘
어와 앉았다.

「고맙습니다.」

「아가씨, 영어를 할 줄 아는군?」

그녀는 가볍게 고개를 끄덕였다.

「잘됐소.」

「괜한 데서 영어를 좀 썼다가 혼이 났어요. 그 나쁜 사람한테
요.」

그녀의 얼굴이 다시금 공포로 굳어졌다.

「트리에스터 말이오?」

「네, 트리에스터예요. 굉장히 조심했는데 어느 결에 제 얘길
엿들었나 봐요. 전 꼼짝없이 죽었구나 했어요. 당신이 마침 오시
지 않았더라면 전 벌써 죽은 목숨이었을 거예요. 그것도 아주 더
럽게…….」

마피아 놈들이 여자를 어떻게 다루는지는 보란도 알고 있는
터였다. 그는 동정의 눈길로 그녀를 새삼 뜯어보았다.

눈과 눈 사이가 여느 사람들보다 많이 벌어져 있었다. 그 눈동
자는 온몸에서 풍기는 섹시한 분위기와는 달리 매우 이지적이었
다.

「글래스베이에 온 지는 얼마나 됐소?」

「석 달 정도 됐어요.」

「그럼 내게 여러 가지를 가르쳐줄 수 있겠구먼.」

크게 고개를 끄덕이며 그녀는 의미 있는 눈초리로 보란을 바
라보았다.

「네, 꽤 여러 가지를 가르쳐 드릴 수 있어요. 당신이 만약 제

가 생각하고 있는 바로 그분이라면.」

마침 고갯길을 다 올라 차의 방향을 틀어야 할 지점이었다. 보란은 대화를 중단하고 운전에 신경을 썼다.

차가 다시 곧게 뻗은 길로 들어섰을 때 그는 뒤를 돌아보았다. 저 아래로 글래스베이가 한눈에 들어왔다. 그러나 탈출을 기뻐하기에는 아직 일렀다. 픽업 한 대와 지프 한 대가 무서운 속도로 달려오고 있었기 때문이었다. 보나마나 뒤늦게 보란의 작전을 눈치챈 놈들이 추격을 시작한 것이리라.

보란 옆의 여자도 그것을 지켜보고 있었다.

「라티고란 자가 그들에게 무선 연락을 취하고 있어요. 그는 지금 틀림없이 저 픽업에 타고 있을 거예요. 저들은 헬리콥터까지 동원할 작정인 것 같았어요.」

그녀의 말투에는 스페인식 악센트가 섞여 있었다. 보란은 뒷좌석으로 팔을 뻗어 지프와 함께 노획했던 무전기를 집어들었다.

「저놈들의 교신 내용을 들어봐 줘요.」

그녀는 익숙한 손놀림으로 무전기의 다이얼을 돌렸다. 첫눈에도 보통 솜씨가 아님을 알 수 있었다.

아무튼 알 수 없는 여자였다. 보란은 다그치듯 물었다.

「이봐요, 아가씨. 대체 당신은 누구요? 그들과는 어떤 관계요?」

「저도 당신에게 똑같은 질문을 하게 해주세요.」

「얘기가 길어질 것 같군, 좋소, 다음으로 미룹시다. 아직 안전권에 들어선 게 아니니까.」

「그뿐인가요? 당신은 아군 진지에서 너무 멀리 떨어져 있어요, 보란 씨.」

「억측은 그만두고 내 질문에 대한 답변부터 하시오.」

「보란 씨, 이 길로 똑바로 가면 안 돼요. 다음 마을인 푸에르타 비스타에서 경찰의 검문 검색이 있어요.」

「그걸 어떻게 아오?」

대뜸 이렇게 묻긴 했으나 그녀가 어떤 일을 하는 여자인지는 듣지 않아도 알 수 있었다. 그녀는 땅이 꺼지게 한숨을 쉬었다.

「글쎄, 저를 믿어 주세요. 전 당신에게 빚을 진 사람이에요. 당신을 배반하거나 속이진 않겠어요. 다음 교차로에서 차를 북쪽으로 모세요. 제가 안전한 곳으로 안내해 드리겠어요.」

추격당하고 있는 보란으로서는 지푸라기라도 마다할 수 없었다. 오랜 경험이 그녀의 말에 따를 것을 일깨웠다. 그는 다시금 생명의 실끝을 이어 주는 부드러운 운명의 손길을 느꼈다. 이런 경우 그 운명의 손길에 자신을 맡길 수밖에 없음을 그는 잘 알고 있었다.

「알겠소. 내 목숨은 이제 아가씨 손에 달렸소.」

「제 목숨은 진작부터 당신에게 맡겼는 걸요.」

「그렇다면 미리 분명하게 해둘 게 있소. 나는 쫓기는 몸이고 아가씨는 경찰이라는 것!」

「한 가지 빠뜨리셨어요. 전 여자이기도 해요.」

보란은 피식 웃었다. 그 점이라면 그녀를 처음 보았을 때부터 강하게 느꼈던 게 아닌가. 그녀는 미모와 교양을 갖춘 완벽에 가까운 여자였다.

「처음 보았을 때부터 깨달았던 바요, 그건.」

그녀의 얼굴이 조금씩 달아올랐다.

「당신 옆에 앉은 건 그저 여자일 뿐이에요.」

그러나 〈그저 여자일 뿐〉이라는 생물은 이 지구상에 존재하지 않는다는 게 보란의 생각이었다. 암컷이란 하나같이 복잡 미묘하고 신비에 차 있게 마련이었다. 그들은 한없이 나약하다가도 돌연 맹수가 되어 발톱을 내밀기도 하는 존재들이었다. 더구나 옆에 앉은 이 여자는 경찰 배지까지 단 여자가 아닌가.

그때 보드랍고 따뜻한 손이 보란의 손 안으로 미끄러져 들어왔다. 그는 재빨리 상념을 떨어 버리고 그 손을 힘껏 감싸 쥐며 말했다.

「오케이!」

그를 똑바로 바라보는 그녀의 눈엔 한점 티끌도 없었다.

「오케이!」

그녀도 보란의 말투를 흉내 내며 말했다.

두 사람은 동시에 웃음을 터뜨렸다. 하늘이 무너져도 솟아날 구멍이 있다고 했던가. 그렇다. 장마중에도 햇볕 드는 날이 있고 하늘을 덮을 듯 우거진 밀림 속에도 햇살이 새어드는 틈이 있는 법이다.

지프는 교차로로 다가가고 있었다. 천국과 지옥, 그 어느 쪽과도 연결되어 있는 중간 지대. 교차로가 가까워질수록 보란의 마음은 긴장되어 갔다.

5
현상금 25만 달러

때르릉!

전화벨이 울렸다. 토니 레버니는 수화기를 들기 전에 잠시 망설였다. 틀림없이 본부에서 보고를 받기 위해 건 전화일 터였다.

어떻게 말을 한다?

토니는 입 안의 침이 다 마를 지경이었다. 암흑가에 수십 년 동안 몸담아온 그로서도 자신의 패배를, 그것도 제 입으로 인정하기란 여간 치욕스러운 일이 아니었다.

때르릉, 때르릉……!

무심한 전화벨은 발작적으로 계속 울어젖혔다. 할 수 없이 토니는 크게 심호흡을 하고 수화기를 집어 올렸다.

「네…….」

「토닌가?」

「그렇습니다.」

「그래, 일은 잘돼 나가는가?」

토니는 선뜻 대답하지 못하고 수치로 벌겋게 달아오른 얼굴을 창 쪽으로 돌렸다. 흰 시트를 뒤집어쓴 시체가 바닥에 죽 뉘어 있는 게 보였다. 그는 간신히 입술을 떼었다.

「면목없습니다. 처, 처음부터 일이 엉뚱하게 풀리는 바람에 그만……. 거듭 면목없습니다.」

여기까지 얘기하고 토니는 침을 꿀꺽 삼켰다. 수화기 저쪽 보스들에게선 아무런 대꾸도 들려 오지 않았다. 보스들의 침묵은 그 어떤 호통보다도 더 무섭다는 걸 토니는 익히 알고 있었다. 그는 불길한 생각과 싸우며 급하게 변명을 늘어놓았다.

「놈은 철저히 우릴 농락했습니다. 우리가 글래스베이에서 놈을 기다리고 있다는 걸 귀신같이 간파하고 있었단 말입니다. 그런데 아무도 제게 그 사실을 말해 주지 않았습니다. 마이애미에서 이리로 올 때까지 계속…….」

방 안은 정적 속에 한참 동안이나 가라앉아 있었다. 토니는 숨을 죽이고 보스들의 얼굴을 상상해 보았다. 누구라 할 것 없이 모두들 침통한 표정이겠지.

마침내 침묵을 깨는 음울한 소리가 들려 왔다. 뉴욕의 보스인 오기 말리넬로였다.

「자네 말이 맞는 것 같군, 토니. 이건 우리도 얼마 전에 들은 이야긴데 워싱턴의 높은 어르신 앞으로 발신인 불명의 검은 서류철 한 권이 우송되어 큰 소동이 벌어졌었다는 거야. 그 내용인 즉 황금인가 똥덩어린가 하는 마음을 가졌다던 뷰트의 비밀 장부였다나? 환장할 노릇이지. 그 망할 놈의 자식은 뒈지기 직전까지 보란놈이랑 은밀하게 연락을 취했다더구먼. 그러니까 보란

놈이 뷰트의 장부를 입수해서 워싱턴으로 보낸 거지.」

「으음…….」

쌕쌕이 토니 레버니가 앓는 소리를 냈다.

「그뿐인 줄 아나?」

다른 음성이 신랄한 어투로 말을 꺼냈다. 목소리만 듣고도 토니는 그가 브롱크스의 그 저주스러운 조직을 물려받은 나이 어린 땅딸보임을 알 수 있었다. 나이에 걸맞지 않게 카이젤 수염을 기른 그는 틈만 나면 그것을 비트는 습관이 있었다. 그걸 볼 때마다 토니는 역겨워 견딜 수가 없었다. 전화로 얘길 하니 그 꼴을 안 봐서 좋군. 경황중에도 토니에겐 그 점이 다행스럽게 여겨졌다. 땅딸보의 말이 계속되었다.

「뷰트는 무엇이나 지나칠 만큼 세세하게 장부에 기입했다네. 몇 달러 몇 센트까지 누가 어디에 썼는지 조목조목 말이야.」

망할 자식. 젊은 녀석이 어디다 대고 반말이야. 토니의 눈꼬리가 위로 치켜 세워졌다. 마리넬로는 노련한 마피아의 보스답게 재빨리 그걸 눈치 채고 화제를 바꾸었다.

「자, 자, 지나간 일은 접어두고 당면 문제를 놓고 얘기하기로 하지. 토니, 다시 말하지만 자네 말이 옳아. 놈은 우리의 계획을 일찌감치 눈치챈 거야. 함정에 걸려든 게 아니고 걸려든 체했을 뿐이지. 그게 무엇을 뜻하는지 알겠나?」

마리넬로는 실패에 연연해서 다음 일을 그르쳐서는 안 된다는 것쯤은 아는 사람이었다. 그의 목소리는 이미 정상으로 회복되어 있었다. 토니의 기분도 덩달아 가라앉아 갔다. 그가 뭐라 말하려 하자 마리넬로는 헛기침을 한 번 해서 그의 말을 막고 대신 입을 열었다.

「그래, 맞았어. 놈은 우릴 공격할 속셈임에 틀림없어. 물론 자네보고 글래스베이에서 놈을 처치하라고 했을 때 그럴 가능성을 전혀 생각지 못했던 건 아니지만. 아무튼 글래스베이에서 놈을 못 잡았으니…… 토니, 놈이 공격을 해오기 전에 이쪽에서 먼저 없애야 할 텐데 말이야, 어떻게 하면 놈을 해치울 수 있겠나?」

이 말에 토니는 다시 긴장해야 했다.

「글래스베이에서 그놈을 놓친 건 놈이 너무 빨리 들이닥쳤기 때문이었습니다. 맞습니다. 시간적 여유가 너무 없었다구요. 그래도 전 최선을 다했습니다. 떠돌이나마 쓸 만한 총잡이를 수십 명이나 모아 대기시켰죠. 완벽하다고는 할 수 없었지만 그래도 만반의 준비 태세를 갖춘 셈이었습니다. 시간이 촉박했던 상황을 감안한다면 말입니다. 그런데 어찌된 영문인지 놈은 비행기에서 쏙 빠져 나가고 빈 비행기가 폭탄이 되어 본부 건물을 들이받았던 겁니다. 처음부터 애들은 겁을 집어 먹었구요. 정말……」

「정말, 어쨌다는 거요?」

젊은 친구의 말투는 계속 비꼬는 투였다. 그 말을 무시하고 토니는 한참 뜸을 들였다가 마리넬로의 눈치를 살피며 말을 이었다.

「마술사 같은 놈입니다. 어떻게 나올지 종잡을 수가 있어야지요. 독심술이라도 익힌 게 아닌가 생각될 정도였습니다.」

말을 마친 토니의 얼굴에는 굵은 땀방울이 맺혀 있었다.

「그렇다고 놈을 그냥 내버려 두겠다는 얘기는 아니겠지?」

마리넬로가 다짐하듯 물었다.

「물론입니다. 지금 자동차를 있는 대로 동원해서 놈을 찾고 있

는 중입니다. 헬리콥터도 두 대 불렀습니다. 샌 주안의 코넥션에
도 연락을 해두었구요. 도로란 도로에는 다 우리 편 애들을 배치
시켰습니다. 또 있습니다. 대형 선박 네 대가 해상을 누비며 물
에 떠 있는 건 모조리 뒤지고 있습니다. 보스, 이 이상 더 무엇을
어떻게 하라는 겁니까? 이젠 기다려 보는 수밖에요!」

「독심술이나 공부하시지그래?」

땅딸막한 애송이가 또 빈정거렸다.

「내가 거들 만한 일은 없겠나, 토니?」

조직에서 가장 나이 어린 보스가 비아냥대며 나섬으로써 쓸데
없는 감정 소모가 생기는 것을 방지하려는 듯 마리넬로가 다급
히 물었다. 되지 못한 땅딸보의 독설에 은근히 혈압이 올라 있던
토니는 보스의 배려 어린 질문에 황급히 마음을 가다듬고 겸손
하게 말했다.

「저를 위해서 하시는 일이라면 무슨 일이든 다 환영하겠습니
다.」

그러나 토니의 기대와 달리 마리넬로의 목소리는 싸늘하기조
차 했다.

「그래? 패배 앞에서는 긍지고 나발이고 다 내던져도 좋단 말
이군. 그렇다면 좋아. 지원 부대로 거스 리아피를 보내도 모욕을
느끼거나 하진 않겠군.」

쌕쌕이 토니의 얼굴이 확 달아올랐다.

「그, 그건……좀…….」

「왜, 안 되겠다는 건가?」

「아닙니다. 아닙니다. 보스. 전 오로지 놈을 처치하는 데만 관
심이 있을 뿐입니다. 정말입니다. 누가 없애건 그게 무슨 문제입

니까? 게다가 전 거스와 함께 일해본 적도 있고 하니까……」

「자네더러 거스를 도우라는 건 아니야, 토니. 그저 일을 분담해서 하라는 것뿐이지. 그러니까 자넨 자네 방식대로 해 나가게. 놈을 계속 추적하라구.」

「그건 걱정 마십시오. 필요하다면 지옥 끝까지라도 따라가 놈을 기어이 없애고 말겠습니다.」

비장한 각오의 빛이 토니의 얼굴을 더욱 번들거리게 했다.

「좋아, 좋아. 그런 결심이라니 한결 마음이 놓이는구먼. 거스에겐 신경 쓰지 말고 그런 자세로 밀고 나가는 거야. 거스는 거스대로 할 일이 있겠지.」

토니는 목젖까지 주먹막한 응어리가 울컥 치미는 걸 억지로 삭이며 말했다.

「예를 들면 뷰트의 장부 건(件) 따위 말씀인가요?」

「음, 그 문제라면 이미 손을 써놓았지. 지금 비밀리에 조직을 재구성하고 있는 중이라네. 하지만 보란이란 놈을 위해 겉으로는 예전의 조직이 그대로 유지되는 척할 작정이야. 놈은 정면으로 우리에게 대들 것이라고 생각되네만……」

「저도 그렇게 생각합니다. 놈은 글래스베이에서도 배짱 좋게 우리와 맞부딪쳤으니까요.」

「그래, 놈의 배짱이 너무 좋아서 깨질 수밖에 없었다 이건가? 이젠 부끄럽지도 않은 모양이군.」

젊은 애송이의 말투는 점점 거칠어졌다. 빌어먹을 자식! 토니는 속으로 투덜거리며 마리넬로의 중재를 기대했다. 그러나 이번만큼은 마리넬로도 애송이를 거들었다.

「토니, 내가 얼마나 실망했는지 자네도 알고 있겠지?」

완전히 코너에 몰린 토니의 얼굴에 새로운 땀방울이 맺혔다.

「그럼요, 알구말구요. 하지만 게임이 완전히 끝난 건 아니지 않습니까? 게다가 거스와 함께 양면 공격을 해나간다면 틀림없이……. 거스와 저는 잘 아는 사이니까 서로를 방해하는 일도 없을 테구요.」

사뭇 애원조였음에도 토니의 마지막 말에는 의미 심장한 뼈대가 있었다. 거스가 자기 일을 방해하면 곤란하다는 암시를 눈치챘는지 어쨌는지 마리넬로는 돌연 유쾌한 웃음을 터뜨렸다.

「하하하! 그러고 보니 이건 마치 일종의 경주 같군. 이긴 자만이 왕관을 차지할 수 있다? 하하……!」

토니는 그 말이 무엇을 뜻하는지 충분히 알 수 있었다.

「무슨 말씀인지 알겠습니다. 절 믿어 주십시오.」

여기서 전화는 끊어졌다. 토니는 힘없이 수화기를 내려놓았다. 토니가 전화받는 모습을 처음부터 지켜보고 있던 찰리 드라고네가 조심스레 다가와 말을 붙였다.

「그 양반들, 실망이 크신 모양이죠?」

「음…….」

「트리에스터에 대해선 뭐라 하던가요?」

찰리는 그 점이 가장 궁금했던 모양이었다.

「사상자에 관해선 아예 묻지도 않더군. 나도 굳이 보고하지 않았네. 차차 알게 되겠지.」

찰리는 어깨를 으쓱해 보였다. 휴! 한숨을 쉬며 토니가 말을 계속했다.

「새로운 사람을 보내겠다나? 빌어먹을!」

「아까 들으니 거스라는 이름이 몇 번 오르내리는 것 같던데,

그가 오나요? 빅 거스 리아피가?」

「그래. 놈에게도 이번 일에 참여할 기회를 주겠다는 거지.」

토니는 비위가 틀려 죽겠다는 듯 미간을 심하게 찌푸렸다. 그것을 본 찰리의 얼굴도 잔뜩 구겨졌다. 간혹 찰리는 얼굴을 펴고 뭔가 물으려 했으나 토니가 계속 인상을 쓰고 있자 머쓱해져서 입을 다물고는 다시 침통한 표정을 짓곤 했다.

「제기랄!」

좀체 진정이 안 되는지 토니는 한마디 내뱉고는 휘적휘적 밖으로 걸어나갔다. 찰리도 부리나케 그 뒤를 따랐다.

바깥에는 열대의 태양이 백색으로 부서지고 있었다. 토니는 손으로 햇빛을 가리고 하늘을 쳐다보았다. 찰리도 그 옆에서 똑같이 손가리개를 하고 위를 올려다보았다. 하늘엔 구름 한 점 없었다.

침묵에 익숙지 못한 찰리가 마침내 먼저 말을 꺼냈다.

「저, 아까 거스를 이번 일에 참여시킨다고 하셨습니까?」

「놈하고 나를 경쟁시키자는 속셈이지. 먼저 골인하는 사람에게 모두 준다는 먹이를 던져 놓고 말이야.」

「뭘 모두 준다는 겁니까?」

「답답하군. 쉽게 말하자면 나와 거스가 경쟁을 해서 먼저 보란을 차지하는 쪽이 카스틸리오네의 뒤를 이어 보스 자리에 앉는다는 얘기지.」

「네엣? 그럼……?」

「그래.」

토니는 시가에 불을 당겨 몇 모금 빨고 하늘로 오르는 연기를 멀거니 바라보았다. 그때 멀리서 둔탁한 기계음이 들려 왔다.

「헬리콥터 소리군. 이제 올 때도 됐지.」

그러나 찰리는 헬리콥터 소리 따위에는 아랑곳하지 않고 어쩌면 카포가 될지도 모르는 유력한 후보자의 얼굴을 새삼스러운 눈으로 쳐다보았다.

「이제 부러울 게 없으시겠습니다.」

「그건 보란을 잡고 난 다음의 이야기지.」

토니는 반쯤 타들어간 시가를 또 한 모금 깊숙이 들이마신 다음 연기를 길게 내뿜으며 가장 미더운 부하를 곁눈질로 흘끗 보았다.

「찰리, 만약에, 만약에 말이야, 우리 가문을 개편해야 한다면 어떻게 하는 게 좋겠나?」

가문의 개편은 보스만이 할 수 있는 일이었다. 따라서 토니의 이 말에는 자기가 만약 보스가 된다면 찰리에게 무슨 자리든 다 내주겠다는 의미가 담겨 있었다.

찰리 역시 조직 세계에서 잔뼈가 굵은 만큼 그 말뜻을 모를 리 없었다. 그는 입을 떡 벌리고 황송해 어쩔 줄 몰라 했다. 그런 찰리를 보며 토니는 다시 한 번 미끼를 흔들었다.

「카포의 오른팔 정도면 괜찮은 자리지?」

「그렇구말구요, 보스. 그러니까 저를……..」

「그거야 두말 하면 잔소리지, 찰리. 어때, 보란이란 놈의 모가지만 뎅강 하면 팔자가 피겠는데 말야.」

토니는 오른손을 들어 목을 치는 시늉을 해보였다. 찰리의 얼굴에 떠올랐던 환희의 빛은 순간 결의의 빛으로 바뀌었다.

「놈을 잡기 위해서라면 끓는 물 속에라도 뛰어들겠습니다. 명령만 내리십시오.」

「좋았어! 우선 라티고에게 연락해서 새로운 정보가 없는지 알아봐. 그리고 다니면서 애들에게 이렇게 전해. 보란을 찾아내는 사람에게는 1만 달러의 보너스를 얹어 준다, 또 목을 따오는 사람에게는 2만 5000달러를 더 준다고 말야.」

「그 소릴 들으면 자식들 귀가 쫑긋해지겠는 걸요?」

「난 우리 애들이 전부 찰리 자네처럼 끓는 물 속에라도 뛰어들 각오로 이번 일에 임해 주었으면 하는 마음이야.」

「그럼 말입니다, 보스. 기왕에 상금을 거는 김에 애들이 환장해 버릴 만큼 엄청나게 거는 게 어때요?」

찰리의 제안에 쌕쌕이 토니는 머릿속으로 주판알을 퉁겨 보았다. 보란의 목에 붙은 현상금은 조직이 놈에게 공격을 당할 때마다 불어나서 이젠 소요 경비를 제하고도 무려 25만 달러에 이르렀다.

실로 엄청난 액수였다. 토니가 이끌고 온 수색대의 경우 기본 급료 이외의 보너스, 즉 일금 25만 달러는 고스란히 지휘관인 토니와 계약이 되어 있었다. 만일 일이 성사된다면 그것은 전액 토니 차지이며 그것을 어떻게 분배하건 아무도 군소리를 할 수 없었다.

「그 말에도 일리가 있군.」

토니는 생각에 잠긴 얼굴로 일단 운을 떼놓고 나서 천천히 말을 이어 나갔다.

「누구든 먼저 골인한 자가 모두 차지한다고 했겠다? 음, 그렇다면 상금 따위는 푼돈에 지나지 않지. 좋아, 그렇게 하지. 보란의 목을 잘라 오는 놈에게 모두 주어 버리는 거야. 알았나, 찰리? 25만 달러야. 애들에게 그대로 전해!」

「사람 고기 맛을 본 호랑이를 떼지어 풀어 놓는 격이군요.」

찰리가 히죽 웃으며 말했다. 토니도 마주 웃으며 어서 가보라
는 제스처를 해보였다.

그러나 신이 나서 달려가는 찰리의 뒷모습을 바라보는 토니의
마음은 그다지 유쾌하지 못했다. 그는 다시 하늘을 올려다보았
다.

그는 어떠한 대가를 치르더라도 보란의 목을 사고 싶었다. 25
만 달러라는 거액도 아깝게 여겨지지 않았다. 사나이의 일생에
이런 쇼핑은 단 한 번 있을까 말까 한 일이니까.

또 이번 경주에서만은 무슨 일이 있더라도 반드시 이기고 싶
기도 했다. 그럴 만한 가치도 있거니와 빅 거스 그 자에게 지고
싶지 않아서였다. 놈도 역시 같은 생각을 하겠지.

토니는 초조한 마음을 억누르려 애쓰며 다시 시가에 불을 당
겼다.

6
은신처

무전기에서 계속 귀를 떼지 않고 놈들의 교신을 도청한 결과, 고맙게도 그들은 보란이 향하고 있는 길과는 전혀 다른 동부 쪽으로 몰려가고 있다는 걸 알 수 있었다.

보란이 몰고 가던 지프는 뿌연 먼지를 날리며 시골길을 구불구불 달리다 이윽고 웬 외딴집 앞에서 멈추었다. 그곳은 해안에서 몇 마일이나 떨어진 산중턱이었다. 여경찰과 도망자가 최초의 은신처에 도착한 것이었다.

여경찰이 먼 친척뻘 된다는 집주인과 만나 교섭을 벌이는 동안 도망자는 차를 근처 나무숲에 몰아넣고 나뭇가지로 차체를 가렸다.

잠시 후 여경찰이 사라진 집 안에서 20대 초반으로 보이는 간들간들한 젊은이가 나오더니 보란이 일하는 모습을 말없이 지켜보았다. 보란은 젊은이에게 다정하게 손짓을 해보이고 나서 하던 일을 그대로 계속했다.

푸에르토리코인 젊은이는 좀 어색한 걸음으로 보란에게 다가와 호감 가는 미소를 띠며 말했다.

「거들어 드리겠습니다, 시뇨르.」

보란도 웃음 지으며 흔쾌히 받아들였다.

「그럼 부탁할까?」

젊은이의 얼굴이 더욱 환해졌다. 보란은 톰슨 경기관총 한 자루를 둘러메며 나머지 두 자루를 그에게 맡겼다.

「이걸 집 안으로 가져가 주겠나?」

젊은이는 유쾌한 휘파람으로 응답하고 나서 선뜻 무기를 받아들었다.

「난 맥 보란이라고 하네.」

보란이 먼저 자기 소개를 했다.

「저는 판 에스카드릴로라고 합니다.」

젊은이도 씩씩하게 이름을 밝혔다.

「자네가 여기 주인인가?」

「네, 제 땅입니다.」

「오래 있지는 않을 거야. 자네 혼자 사나?」

「아닙니다. 제 아내 로자리타와 함께 있습니다.」

「애는?」

「아직은 없지만요, 곧 생길 겁니다. 지금…… 뱃속에 있거든요.」

젊은이는 겸연쩍은 듯 싱긋 웃었다. 갑자기 보란은 가슴 가득 밀려드는 불길한 생각에 표정이 어두워졌다.

참으로 난감한 일이었다.

이 어질디어진 젊은이와 그의 임신한 아내를 마피아와의 전투에 끌어들이고 싶지는 않았다.

그러나 현재로서는 어쩔 수 없지 않은가. 보란은 기왕 여기까지 왔으니 굶주린 배라도 채우고, 될 수 있는 한 빨리 떠나야겠다고 마음먹었다.

그때 여경찰이 무전기를 어깨에 멘 채 집에서 나왔다.

「안 들어오시겠어요?」

「곧 가겠소.」

그녀에게 이렇게 대답하고 보란은 젊은이를 향해 말했다.

「먼저 들어가겠나, 판? 나도 곧 뒤따라갈 테니까.」

판은 톰슨을 양어깨에 하나씩 걸고, 출전하는 병사처럼 보무당당하게 집으로 향했다.

보란은 작전 수립에 있어 제1단계라 할 수 있는 주변 정찰에 착수했다. 그는 특히 지형과 방위상의 위치를 파악하는 데 주력했다.

집의 남쪽에 있는 언덕에 오르자 사방이 비교적 멀리까지 보였다. 동으로는 무성한 덤불과 사람의 손이 오랫동안 안 간 듯 황폐하기까지 한 밭이 있었다.

북쪽의 약간 높직한 언덕에는 그냥 보아도 알 수 있는 노천 광산이 있었고 그 반대편으로 오후의 햇살 속에 나른하게 누워 있는 카리브해가 들어왔다.

다시 집 쪽으로 걸음을 옮기며 보란은 자신을 거기까지 데려온 여경찰과 차 안에서 나누었던 얘기들을 되새겼다.

그녀의 이름은 에비타 아길라라고 했다. 나이는 26세로 독신이었다. 그녀는 보란의 짐작대로 푸에르토리코 사법성 조직 범죄 수사국에 소속된 수사 요원이었다.

에비타가 글래스베이에서 수행하던 임무는 빈체 트리에스터를 비롯해서 그곳에 드나드는 사람들의 동향을 살피는 것이었다. 그러기 위해서 그녀는 빈체의 정부(情婦) 노릇을 해야 했음을 솔직히 털어놓았다.

그러나 보란으로선 그 점을 들어 그녀를 비난하거나 업신여길 생각은 추호도 없었다. 마피아와의 전투에서는 보수적인 도덕 관념이 전혀 도움이 되지 않을 뿐더러 어떤 때는 오히려 커다란 장애가 되기도 한다는 사실을 누구보다도 잘 알기 때문이었다.

보란에게 있어서 〈정의〉란 마피아가 그 검은 입으로 모든 것을 삼켜 버리기 전에 철저히 때려부수는 것을 의미했다. 그리고 정의를 실현하기 위해선 어떠한 장애물도 용납할 수 없었다.

그것은 보란의 변함 없는 신념이자 철학이었다. 따라서 〈정의〉를 위해 자신을──돈과 명예 그리고 생명까지──바치는 사람은 친구요 그렇지 못한 사람은 적이었다.

에비타는 〈정의〉를 위해 순결을 바쳤다고 했다. 그녀에게 가장 소중한 것을 희생시켰던 것이었다. 그것이 어째서 손가락질을 받아야 할 행위란 말인가? 그녀의 말을 들으면서 보란은 차라리 숙연해짐을 느끼지 않을 수 없었다.

에비타 아길라, 그녀는 신념에 찬 여자였다. 보란은 험한 길을 달리던 차 속에서 그녀가 한 말을 새삼 떠올렸다.

「놈들은 우리가 요새 추진하고 있는 〈부츠스틀랩 플랜〉에 빌붙어서 단물을 빼먹으려고 혈안이 돼 있어요. 그 플랜은 일종의 경제 개발 계획인데 가난하기 짝이 없는 우리들에겐 무엇보다도 필요한 사업이죠. 근데 글쎄……. 아무튼 저는 마피아놈들이 우리들 입에서 빵을 빼앗아 가는 걸 그냥 바라보고만 있지는 않을 거예요. 때로는 독을 독으로 다스려야 하는 경우도 있지 않겠어요?」

그녀가 한 얘기는 어쩌면 보란 자신이 하고 싶었던 말이기도 했다. 그녀는 또 말했었다.

「부츠스트랩 플랜이 실시되면서 이곳 주민들의 1인당 연간 소득이 거의 두 배로 불어났어요. 이거야말로 그 플랜의 성과를 단적으로 보여 주는 증거가 아니겠어요? 우리도 이젠 잘살 수 있다는 희망을 갖게 된 거예요. 난 이 소박한 꿈이 깨지는 걸 원치 않아요. 아아, 마피아…… 나쁜 놈들!」

보란은 그녀의 심정을 깊이 이해할 수 있었다.

「에비타, 엠(M)으로 시작되는 다섯 철자로 된 낱말이 무엇인지 아오? 머니(Money), 마피아!」

「맞아요. 놈들은 돈을 위해서라면 무슨 짓이든 서슴지 않는 미치광이들이예요.」

보란은 비록 사적(私的)인 입장에 한해서이기는 하지만 그녀가 자신과 뜻을 같이 한다는 게 매우 기뻤다. 에비타 역시 그의 안전을 염려해 주었다.

「보란 씨, 글래스베이에서의 비행기 사고 이후 샌 주안은 당신에 대한 소문으로 들끓고 있어요. 물론 시 당국에선 당신을 범죄자로 보고 있죠. 우리 경찰은 당신을 발견하는 즉시 체포 또는 사살하라는 명령을 받았어요. 하지만 그건 어디까지나 공적인 입장일 뿐이고…….」

그녀가 몸담고 있는 수사국의 요원들은 거의가 마피아와의 싸

움에 혼신을 바칠 결심들이었으므로 한 명이라도 더 거들 사람
이 생기면 대환영이라는 것이었다.

그렇기는 하지만 불필요하게 경찰의 눈에 띄는 일은 없도록
하라고 그녀는 신신 당부했었다.

「개중에는 융통성이란 눈곱만큼도 없는 따분한 사람도 있으니
까요.」

이런 일을 처음 당해 보는 것이 아닌 보란은 그 말을 충분히
이해하고도 남음이 있었다. 그는 또 그녀의 입장도 이해하고 있
었다. 소셜 워커 출신의 경찰관인 그녀는 조직적인 폭력의 위협
앞에 사회 정의가 맥없이 무너져 내리는 것을 보고 문제의 뿌리
를 단절해 버리기로 결심한 용감한 시민이었다.

「놈들은 현지의 관공리들을 모조리 매수해서 경제 분야 전반
에 걸쳐 수탈 행위를 일삼고 있어요. 그런 경우 가장 많이 피해
를 당하는 건 뭐니뭐니 해도 가난한 사람들이죠. 세계 어디서나
다 마찬가지겠지만…….」

틀림없는 말이었다. 보란도 잘 알고 있었다. 어느 사회에서건
마피아놈들에게 제일 심하게 피를 빨리는 건 중하류 계층이게
마련이었다.

마피아 조직은 중세 유럽의 봉건 제도와 하등 다를 바가 없었
다. 다른 점이 있다면 20세기에 어울리는 옷으로 정체를 감추고
남의 눈에 띄지 않는 곳에서 세상을 움직이고 있다는 것뿐…….

그들의 머릿속은 새로운 착취 방법을 개발하느라 분주했고 눈
동자는 먹이를 찾아 헤맸으며 두 손은 모든 사람들의 주머니를
노렸다.

그들은 창녀처럼 유혹의 손길을 뻗쳤고 뚜쟁이같이 충동질을

일삼는가 하면 때로는 인간의 가장 천박한 욕구에 불을 당기기
도 했다.

계약 살인, 공갈, 밀매음, 야바위, 승부 조작, 마약, 도박, 절
도, 밀수…… 등등이 그들이 애용하는 방법이었다.

에비타의 말에 연신 고개를 끄덕이던 보란은 마피아에 대한
자신의 생각을 진지하게 털어놓았고 그들의 대화는 한동안 계속
되었었다.

「에비타, 놈들은 한마디로 피크닉에 모여드는 개미 떼요. 먹을
것만 보면 새까맣게 몰려드는……. 아무 것도 만들지도, 생산하
지도 않으면서 하는 짓거리란 그저 약탈뿐이지. 쫓아도 쫓아도
끈질기게 달라붙는 피크닉의 개미 떼! 카리브해의 피크닉은 어
디에서 벌어지고 있소?」

「도처에서지요. 카리브 일대는 지금 눈부시게 발전하고 있어
요. 이제 이곳은 돈 있는 사람, 그리고 한가로운 사람들만을 위
한 곳이 아니에요. 바하마 제도에서 서인도 제도를 거쳐 안티르
제도에 이르기까지 어느 곳 하나 침체된 구석은 없어요. 온통 활
기로 가득하다구요. 피크닉이라고 하셨죠? 맞아요. 지금 카리브
엔 대대적인 피크닉이 벌어지고 있어요.」

「그게 바로 카리비안 카르젤로라는 거요.」

「저도 그 말을 들은 적이 있어요. 무슨 뜻인지는 잘 모르지만
……. 물론 영어를 좀 하긴 하지만 아무래도 외국어라 단어의 깊
은 의미까진 모르는 경우가 많아요. 여기선 스페인어가 공용어
거든요.」

「카르젤로란 출발점도 결승점도 없는 경마를 말하오. 때로는
메리 고 라운드(회전 목마)라고도 하지.」

「아, 그래요. 이제서야 생각이 나는군요. 영국 사람들은 그걸 라운드 어바우트라고 하죠. 이탈리어로는 카르젤로. 본래의 뜻은 토너먼트(중세 유럽의 마상 시합)구요.」

「맞았소. 요즈음엔 회전 목마라는 뜻으로 사용되지만 마피아를 상대로 했을 때는 토너먼트지. 에비타, 내가 그 토너먼트에 나가는 걸 도와 주겠소?」

「물론이에요. 최선을 다해서 도와 드리겠어요.」

대화를 통해 그들 두 사람은 진한 동지 의식을 느낄 수 있었다.

그럼에도 지금 그녀가 기다리고 있는 오두막으로 향하는 보란의 발걸음은 무겁기만 했다.

수없는 인명을 앗아간 이 전쟁은 이제 한 젊고 아름다운 아가씨의 순결과 피를 요구하고 있다.

그러나 그녀의 몸이 형편없이 더러워진다고 해서, 아니 그녀가 지구상에서 영영 없어진다고 해서 과연 무엇이 달라지겠는가?

보란은 마피아와의 전쟁이 시작된 이래 소리없이 사라져간 여러 친구들을 머릿속에 떠올렸다. 지트카, 안젤로, 브랜튼……. 그들은 하나같이 자신의 죽음이 마피아의 종식을 의미하지 않는다는 사실을 알면서도 기꺼이 목숨을 바쳤었다. 그리고 그녀, 에비타도 그 사실을 알고 있었다.

그렇다. 인간이 이 세상에서 가치 있는 존재일 수 있는 것은 피크닉 때문도, 개미 떼들 때문도 아니다. 삶의 의의는 오직 투쟁 그 자체에 있는 것이다. 균형을 위한 투쟁.

오두막 앞에 그녀가 서 있는 게 보였다. 보란은 애써 미소 띤 얼굴을 하고 급히 다가갔다. 그녀는 생긋 웃으며 손을 내밀었다.

「어서 오세요. 식사하셔야죠. 다들 기다리고 있다구요.」

그는 에비타의 허리에 팔을 두르고 따뜻한 인정과 휴식이 기다리는 집 안으로 들어갔다.

이 순간에도 카리브해의 회전 목마는 무서운 속도로 돌고 있겠지. 그러나 보란은 잠시나마 그 생각을 떨쳐내려고 노력했다. 실로 얼마만에 사람의 훈기가 밴, 집다운 집으로 돌아온 것인지…….

7
젊은 부부

집 안에 발을 들여놓는 순간부터 보란은 젊은 에스카드릴로 내외의 지극한 부부애를 물씬 느낄 수 있었다. 그들 부부는 비록 초라한 집에 소꿉장난 같은 살림일 망정 매우 소중하게 가꾸어 나가고 있는 듯했다.

판의 아내는 초롱초롱한 검은 눈망울 하며 길게 땋아내린 검은 머리채가 조화되어 천성적으로 순수함을 느끼게 해주는 여자였다. 임신 6개월쯤 되어 보이는 그녀의 몸놀림 하나하나는 생명에의 경외로 가득 차 있었다. 로자리타, 그러니까 작은 장미를 뜻하는 그녀의 이름은 그녀에게 썩 잘 어울린다고 보란은 생각했다.

영어를 한마디도 할 줄 모르는 그녀는 처음에는 갑작스런 보란의 출현에 약간 겁을 먹은 것 같아 보였다.

보란은 그녀와의 대화의 벽을 서툰 스페인어를 총동원해서 칭

찬하는 말로 메꾸어 보고자 애썼다. 정 어려울 때는 눈길에 진실을 담아 보냈다. 차츰 그녀는 마음의 문을 열었고 식사가 끝날 무렵에는 제법 화기 애애한 분위기였다.

보란으로선 실로 오랜만에 가져 보는 정겨운 식사 시간이었다. 메뉴는 조촐했지만 대신 실컷 먹을 수 있었고 맛도 훌륭했다.

판의 오두막은 침실로 쓰이는 지붕밑 방을 제외하면 꽤 넓은 방 하나로 되어 있었다. 가구며 실내 장식품은 꼭 필요한 몇몇에 불과했고 그나마 값싼 물건들뿐이었지만 어느 것 하나 주부의 정성 어린 손길이 닿지 않은 것이 없었고 그래서인지 전체적으로 그지없이 아늑한 분위기를 자아냈다.

또 외딴 곳이라고는 하지만 수도며 전기도 갖추고 있었고 싱크대 부근에는 현대적인 집기류도 다소 있었다.

텔레비전 수상기는 고장이 났지만 대신 무척 고급으로 보이는 라디오가 눈에 띄었다. 나중에 들은 이야기에 의하면 그것은 에비타가 선물한 것이라고 했다.

판은 특히 단파 방송에 미치다시피 해서 각 방송국의 주파수며 방송 순서를 낱낱이 기록하고 있을 뿐만 아니라 어학 공부에 대한 열의도 대단하여 라디오의 어학 강의만큼은 놓치지 않고 듣는다는 것이었다.

그 라디오말고도 에비타는 어학 교재를 몇 권 그에게 주었다는데 가장자리가 너덜너덜한 게 어지간히 열심히 공부하는 모양이었다.

그들 젊은 부부가 살고 있는 집과 땅은 정부에서 주는 영농 자금으로 구입한 것인데 그들은 약 5에이커쯤 되는 그 땅에 야채

를 재배하여 샌 주안의 시장에 내다판다고 했다. 처음에는 운반
문제로 애를 먹었지만 이제는 적재량 1톤짜리 트럭이 있어 한결
수월하다며 활짝 웃었다.

그러나 판은 평생을 농사꾼으로 지낼 생각은 없다고 말했다.

「저는 통역일을 하고 싶어요. UN 같은 데서……. 두고 보세
요. 꼭 하고야 말 겁니다.」

이렇게 장담하는 판의 얼굴은 자신감에 넘쳐 있었다.

「나도 꼭 그렇게 되길 빌겠네.」

보란은 진지한 얼굴로 대꾸했다. 그는 진정으로 이들 부부가
계속 행복하게 살기를 바랐다.

그들은 보란이 쫓기는 몸이라는 걸 알면서도 언짢은 기색 없
이 극진히 대접해 주었고 당분간 같이 지내자고 제의하기도 했
다. 착하기만 한 그들을 보면서 보란은 자신의 방문이 그들의 앞
날에 어떤 영향을 미칠지 하는 생각에 마음이 착잡해졌다. 여자
들이 식탁을 치우는 동안 보란은 판과 함께 밖으로 나왔다. 담배
를 꺼내 무는 보란에게 판이 말했다.

「담배, 안에서 피우셔도 괜찮습니다, 시뇨르 보란.」

「들려줄 말이 있어서 나온 거야, 판. 남자 대 남자로서 말이
야.」

「네…….」

「나는 곧 여기서 떠날 작정이야. 달리 생각은 말게. 자네 부부
의 친절에는 깊이 감사하고 있어. 하지만…… 난…… 재앙을 몰
고 다니는 사람이야. 지금도 나는 쫓기는 몸이고. 오늘이 될지
내일이 될지는 알 수 없지만 아무튼 언젠가는 놈들에게 잡힐 거
야. 그래서 말인데, 나는 정말 자네 집에서 놈들에게 발견되고

싶지는 않아.」

판은 망설이는 기색으로 눈을 내리깔고 조용히 입을 열었다.

「알고 있습니다. 제가 도와 드리겠습니다, 시뇨르.」

「그건 안 돼!」

「총 쏘는 법만 가르쳐 주십시오. 아까 제가 메고 온 그 총 말입니다.」

판의 잔잔한 음성에는 결의의 빛이 깔려 있었다. 보란은 당황했다.

「판, 내 말 잘 들어. 총만 쏠 줄 안다고 해서 곧 군인이 되는 건 아냐. 전투 정신이 몸에 배지 않으면 안 되지. 그러니까 숙달된 군인은 생각 이전에 본능적으로 그때그때 적절한 행동을 취해 나간다고나 할까? 판, 내 말은 말이야, 자네 같은 사람은 총 쏘는 법을 배울 수는 있지만 싸움 그 자체를 익힐 수는 없다는 뜻이야. 아마 자넨 최초의 총알에 누군가가 피를 흘리는 걸 보면 당장에 정신이 나가 버릴 걸?」

「그래도…….」

판은 선뜻 물러설 기미가 아니었다.

「자네 마음 충분히 알아. 그렇지만 자네가 아무리 애를 써서 도와 준다고 해도 일단 놈들이 들이닥치면 그것으로 끝장이야. 자네와 나의 피 정도로는 어림도 없는 싸움이라구.」

보란은 잠시 말을 끊었다가 집 쪽으로 눈길을 돌리며 다시 입을 열었다.

「저 집 안에 있는 여자들도 피를 흘리게 될 거야. 그렇기 때문에 더욱 나는 이곳에 머물러 있을 수가 없어. 이해하겠지?」

「정 그러시다면 당신이 여기서 떠나는 거라도 돕게 해주십시오. 저를 믿으신다면…….」

판의 말이 채 끝나기도 전에 보란은 그의 손을 덥석 잡았다. 뭐라 표현할 수 없는 뜨거움이 손에서 손으로 전해졌다.

「물론이지. 고맙네, 판.」

그 어떤 처참한 광경에도 눈썹 하나 까딱 않던 맥 보란의 눈이 순간 반짝 빛났다. 그것이 눈물 때문이었는지 혹은 하오의 햇살 때문이었는지는 아무도 알 수 없었다.

잠시 보란은 판의 손을 놓고 하늘을 바라보며 태양과 지평선의 각도를 눈대중으로 측정했다. 그의 얼굴은 어느새 평소처럼 착 가라앉아 있었다.

「여긴 적도와 매우 가까운 것 같은데?」

보란이 혼잣말처럼 중얼거리자 판은 그곳이 북위 20도 지점이라고 상세히 가르쳐 주었다. 그리곤 자기 자랑을 한 게 아닌가라는 생각이 들었는지 머리를 긁적이며 덧붙였다.

「라디오의 송신 범위표를 보기 전까지만 해도 그런 데는 깜깜이었죠. 지식을 가졌다는 것은 정말 흐뭇한 일이더군요. 그렇지 않습니까?」

보란은 고개를 끄덕였다.

「옳은 말이야, 판. 자기가 어디 서 있는지 항상 알아 둔다는 건 좋은 일이지. 북위 20도라고? 월남하고 같군. 그러고 보니 북위 20도란 꽤나 골치 아픈 위도군그래.」

말을 마치며 보란은 이맛살을 모았다. 그러나 곧 얼굴을 펴고 판에게 물었다.

「그럼 앞으로 두 시간은 해가 있겠지?」

「그렇습니다.」

보란은 잠시 동안 어찌할까 망설였다. 빨리 떠나야 한다는 것만은 분명했으나 해가 떨어지기 전에 이동한다면 적의 눈에 띌 염려가 있었다.

판도 같은 생각을 한 듯 먼저 입을 열었다.

「정 떠나시겠다면 해질 때까지만이라도 여기 계십시오.」

보란이 아무 대꾸도 하지 않자 판은 한 걸음 다가서며 다시 설득했다.

「어두워지면 제가 길을 안내해 드리겠습니다. 그러니…….」

「정말 끈덕지군. 좋아, 내가 졌네. 조금 더 머무르기로 하지. 그건 그렇고…… 판, 아까 보니까 북쪽에 노천 광산 같은 게 있던데 거기선 무얼 캐지?」

판은 어깨를 으쓱해 보였다.

「제 생각엔 건축 자재인 듯싶어요. 왜 있잖아요, 자갈이나 모래 따위 말입니다.」

「가끔 발파도 하나?」

「발파요? 아, 네, 화약을 써서 뻥 하고 터뜨리는 것 말이죠?」

「맞아.」

「하구말구요. 이따금 집에 앉아서도 그 소리에 깜짝 놀라곤 하죠.」

판은 놀라는 시늉을 하며 뭔가 더 말하려 했으나 보란은 손을 들어 그의 말을 막으며 화제를 바꾸었다.

「배가 한 척 있으면 하는데, 빌릴 수 있겠나?」

「어떤 배가 필요하십니까, 시뇨르?」

「섬들 사이를 왔다갔다 할 수만 있으면 어떤 것이나 상관없네.」

「가격은 어느 정도로 생각하십니까? 되도록 싸야겠죠?」

「싸면 좋겠지. 하지만 비용 걱정은 안 해도 돼.」

「좋습니다. 제게 맡기십시오.」

보란은 스킨슈트 속으로 손을 넣어 허리춤을 더듬었다. 라스베이거스에서의 전리품을 그곳에 찔러 두었던 것이었다.

다행히 그것——가죽으로 된 지갑——은 무사했고 물기도 완전히 말라 있었다. 보란은 그 속에서 지폐 한 장을 꺼내 판에게 건넸다.

「그 정도면 충분하겠나?」

「아니, 이건 1000달러…….」

너무나 놀랐는지 판은 말을 매듭짓지 못했다. 몇 번이나 돈과 보란을 번갈아보더니 다시 확인했다.

「설마…… 가, 가짜는 아니겠지요?」

「진짜야. 그건 진짜 1000달러짜리 지폐라구.」

그러나 판은 입을 딱 벌린 채 보란을 바라볼 뿐이었다. 보란은 장황한 설명을 늘어놓지 않을 수 없었다.

「허허, 참, 진짜라니까. 그 녀석은 간밤에 마피아 점령하의 라스베이거스에서 해방되었지. 놈들의 금고에서 잠자고 있는 걸 내가 구해 주었다, 이 말이야. 이제야 임자를 만난 거지. 판, 자네 그 돈 의심받지 않고 쓸 수 있겠나? 너무 고액권이라……. 다른 건 걱정할 게 없어.」

젊은 판은 난생 처음 만져 보는 1000달러짜리 지폐가 아직도 실감나지 않는 모양이었다. 흥분과 얼떨떨함이 그의 얼굴에서 마구 엇갈렸다. 한참 후에야 그는 간신히 중얼거리듯 말했다.

「진짜이기만 하다면야 못 쓰는 게 바보죠.」

「그럼 됐어. 그렇지만 조심해야 해. 배 값은 무리가 가지 않는
범위 내에서 되도록 깎고, 나머지는 자네가 쓰도록…….」

그때까지도 어릿한 채 있던 판은 황급히 보란의 말을 가로막
았다.

「아, 아닙니다. 그럴 수는 없습니다.」

「그럼 앞으로 태어날 아기에게 주는 축하금이라고 하면 받겠
나?」

「하지만…… 우리에겐 절반도 필요치 않습니다.」

「자네 부부에게 주는 게 아니고 아기에게 주는 거야. 판. 자,
그 이야기는 이것으로 끝내기로 하지. 다시 한 번 말하겠는데 배
는 아무 거라도 상관없어. 아니, 헌 배일수록 좋아. 눈에 덜 뜨이
니까. 그래도 아일랜드홉을 할 수 있을 만큼의 연료는 실을 수
있어야 하겠지.」

「아일랜드홉?」

「그건 이 섬 저 섬으로 건너다닌다는 뜻이야.」

「네, 그럼 디젤이 좋겠군요.」

「그건 자네에게 맡기겠네. 단, 자네가 믿을 수 있는 사람에게
사도록 해. 그런 사람이 없으면 시간이 다소 걸리더라도 찾아보
도록 하고. 그것만 해주면 나머지는 내가 알아서 처리하지.」

「비밀로 하라는 말씀이지요?」

「절대 비밀이지.」

「비밀……. 그렇지, 그 사람이라면 믿을 수 있어! 안심하십시
오, 시뇨르. 비밀리에 멋진 배를 구해 오겠습니다.」

보란은 싱긋 웃었다.

「판, 멋진 배까진 필요없네. 좀 튼튼하기만 하면 충분해. 그리

고 이젠 맥이라고 불러줄 때도 되지 않았나?」

「그렇게 하지요, 시뇨…… 아니 맥. 그럼 당장 가서 배를 구해 오겠습니다.」

「잠깐, 로자리타도 데리고 가게.」

「네?」

「혹시 이곳에서 시끄러운 일이 벌어질지도 모르니까. 이삼 일 정도 부인을 맡아줄 곳이 없겠나?」

「처가가 푸에르타 비스타에 있기는 합니다만…….」

「됐어. 그럼 그곳으로 모시게. 에비타도 같이. 배는 그들을 안전하게 피신시킨 다음에 구하도록 하게.」

「그렇게 하겠습니다. 일을 마친 다음에 이리로 오면 되겠지요?」

「아니, 이곳에 다시 올 필요는 없네. 나도 곧 자네 뒤를 따라나갈 생각이야. 그 일은 안에 가서 에비타와 함께 얘기하기로 하세. 다음에 만날 시간과 장소도 확실하게 정해야지. 얘기가 끝나는 즉시 자네는 부인과 에비타를 데리고 출발하는 거야.」

그러나 보란의 계획대로 모든 일이 진행되지는 못했다. 에비타가 절대 보란의 곁을 떠날 수 없노라고 우겨댔기 때문이었다.

「경찰의 경계망에서 벗어나려면 당신 곁에 제가 꼭 붙어 있어야 해요.」

보란과 판이 함께 설득해 보려 했으나 그녀는 막무가내였다.

「당신의 안전이 확실해질 때까지 전 당신을 따라다닐 거예요. 아무도 저를 말릴 수는 없어요. 절대로!」

이렇게 해서 결국 그녀는 집에 남아 있기로 결정을 보았다. 보란은 속으로 혀를 내두르며 젊은 부부와 트럭으로 향했다.

「그럼 이따 보세, 판.」

따뜻한 시선으로 두 사람을 번갈아보며 보란은 몇 번이나 조심하라고 당부했다. 가슴 깊은 곳에서 짜르르 아픔이 밀려들었다. 무슨 영문인지 모르는 채 남편의 팔에 매달린 로자리타에게는 더없이 미안했다. 보란은 판을 똑바로 쳐다보며 나직이 말했다.

「자네의 보물을 소중히 간직하게.」

판은 알았다는 듯 고개를 크게 끄덕이고 아내에게 방금 보란이 한 말을 통역해 주었다.

로자리타는 그 초롱초롱한 눈망울에 가득 미소를 담고 자신을 부축해서 트럭에 태우려 하는 보란의 뺨에 살짝 입술을 대었다. 다시금 뜨거운 그 무엇이 보란의 목으로 치밀었다. 그는 급히 고개를 돌렸다.

트럭이 회부연 먼지를 일으키며 비포장 도로를 달려나가기 시작했다. 보란은 차가 완전히 시야에서 사라질 때까지 묵묵히 서 있었다. 어쩌면 그는 저들 젊은 부부의 인생이 자신이 몰고다니는 죽음의 그림자 밖으로 비켜나 주기를 기도하고 있는지도 몰랐다.

그가 오두막으로 돌아오니 목욕탕에서 샤워 소리가 들려 왔다. 목욕탕이라곤 하지만 샤워와 하수도 시설만 해놓고 커튼으로 칸막이를 한 간이 목욕탕이었기 때문에 비누질을 하고 있는 에비타의 몸매가 환히 비쳐 보였다. 그녀의 육체는 신(神)만이 조각할 수 있는 완벽한 곡선을 구사하고 있었다.

보란은 한동안 그녀의 모습을 정신없이 바라보았다. 그 역시 남자였던 것이다.

그때 보란의 심장을 두근거리게 하던 물소리가 뚝 멎더니 비를 맞아 함초롬히 피어난 한 송이 꽃과 같은 여인의 얼굴이 커튼 사이로 나타났다.

「조금만 기다려 주세요. 글래스베이에서 찌들은 때를 벗겨 내는 중이니까요.」

그녀의 갑작스런 말에 보란은 내심 당황했으나 짐짓 무뚝뚝한 표정을 짓고는 서둘러 다시 밖으로 나왔다.

열대의 태양은 대지를 붉게 물들이며 마지막 남은 열을 한껏 쏟아 내고 있었다. 보란은 태양을 마주 보고 우뚝 서서 담배에 불을 붙였다.

그렇다. 저 태양은 잠시 후면 어둠의 제왕에게 권좌를 물려주어야 함을 알면서도 저렇게 자신을 불태우고 있는 것이다. 보란에게 있어서 그것은 언젠가——내일이 될지 아니면 앞으로 한 시간 후가 될지는 모르지만——그 끝에 도달하리라는 것을 알면서도 마피아와의 전투에 혼신의 힘을 다 바치고 있는 자신의 입장과 같은 것이었다.

다른 점이 있다면 어둠에게 쫓겨난 태양은 내일 다시 어둠을 밀치고 솟아오를 수 있지만 마피아와의 전장에서 쓰러진 그는 다시는 일어설 수 없다는 점뿐……

보란은 담배 연기를 깊숙이 빨아들였다가 천천히 내뱉었다. 온갖 상념이 가슴속에서 어지럽게 피어났다.

그러나 그는 결코 조바심을 치진 않았다. 자신의 삶에 대해 깊은 회의를 느낄 때마다 그랬듯이 이번에도 사회라는 아버지에 의해 잉태되어 태어난 맥 보란의 본능이 그것들을 물리치리라는 믿음이 있었기 때문이었다.

그는 단지 기다리기만 하면 되었다. 죽이는 일에 대한 회의, 평범한 생활에 대한 동경, 바로 다음 순간 자신에게 종말이 다가 올지도 모른다는 불안…… 이런 여러 가지 부정적인 생각들이 본능과의 싸움에서 패배할 때까지…….

그를 유능한 전투원으로 키워준 월남과 같은 위도, 북위 20도 의 한 섬 푸에르토리코의 태양은 점점 기울어 가고 있었다.

8
동화의 나라

　에비타는 그 사이 목욕을 끝내고 거울 앞에 서서 윤이 나는 검은 머리칼을 빗어 내리고 있었다. 그녀의 가무스름하게 빛나는 몸에는 실오라기 하나 걸쳐져 있지 않았다.

　잠시 흔들렸던 마음을 가라앉히고 막 안으로 들어서던 보란은 거울 속에 서 있는 발가벗은 여체에 또다시 마음이 흔들려야 했다. 물론 아까와는 다른 이유 때문이긴 했지만.

　그녀는 거울 속에서 보란의 눈을 똑바로 바라보았다.

　그는 얼른 눈길을 돌리며 애써 사무적인 말투로 한마디 내던졌다.

　「그런 꼴로는 아무 데도 못 갈 텐데…….」

　「당신에게는 갈 수 있겠죠?」

　에비타는 홱 돌아서더니 한 손으로 머리칼을 쓸어 넘기며 보란에게 천천히 다가왔다. 보란은 그녀 쪽으로 시선을 돌리지 않으려고 무진 애를 썼지만 그것은 헛된 노력에 불과했다.

그의 눈동자는 자석에라도 이끌리듯 여체로 향했고 남성을 의식한 여인의 나신은 더욱 농염한 향기를 뿜어 냈다.

한 발 한 발 떼놓는 그녀의 몸놀림은 차라리 율동에 가까웠다. 그것은 매우 조용하면서도 갓 잡은 생선처럼 생기에 넘쳐 있었다.

이윽고 그녀는 보란 바로 앞에 이르렀다. 보란이 뭐라 말을 하려 하자 그녀는 꽃잎 같은 입술로 그의 입술을 살며시 눌러 제지하고는 그의 옷을 벗기기 시작했다.

일단 전투에 임하면 피도 눈물도 없는 그였지만 그 순간만큼은 평범한 한 사람의 남자로서 여인의 손길에 자신을 맡길 수밖에 없었다.

에비타는 참으로 정성스럽게 그의 옷을 차례로 벗겨 나갔다. 피에 절은 그의 옷을 하나하나 벗김으로써 그를 처절한 전투에서 해방시켜 주려는 듯이…….

이제 보란은 완전히 원시의 모습으로 돌아갔다.

「훌륭해요! 참 멋진 몸을 갖고 계시군요.」

그녀는 경탄의 눈으로 잠시 보란을 훑어본 후 욕실 쪽으로 이끌었다.

「제가 씻어 드릴게요. 당신 몸에도 글래스베이의 냄새가 배어 있어요.」

순간 보란은 쓸쓸한 미소를 떠올렸다. 어디 글래스베이의 냄새뿐이랴. 라스베이거스, 시카고, 뉴욕…… 수없이 많은 곳에서 수없이 많이 벌였던 전투. 그 와중에서 몸에 밴 갖가지 냄새는 비누나 물 따위로 씻겨질 성질의 것은 아니었다.

그러나 그는 순순히 그녀를 따라 욕실로 들어갔다. 하다 못해 피부에 남아 있는 전장의 냄새만이라도 씻어낼 수 있을지 모른다는 생각에서였다.

쏴! 소리와 함께 따뜻한 물줄기가 온몸을 타고 내렸다. 등에서 에비타의 부드러운 손길이 느껴졌다.

그녀는 그의 옷을 벗길 때와 마찬가지로 정성스레 그의 몸 구석구석을 닦아 나갔다.

그는 한편으로는 온몸에 밴 살상의 냄새가 조금이라도 씻겨 내려가길 기대하면서도 다른 한편으로는 꿈틀꿈틀 일어서는 남성으로서의 욕망을 느끼지 않을 수 없었다.

그는 그 욕망을 굳이 억누를 마음은 없었으나 그렇다고 서두르고 싶지도 않았다. 에비타의 손놀림이 끝날 때까지 그는 착한 아이처럼 묵묵히 기다렸다.

「자, 다 됐어요.」

보란이 인내의 한계점에 이르렀다고 느꼈을 때, 그녀가 그의 등을 톡톡 두드리며 나지막히 말했다.

보란은 천천히 돌아서서 그녀의 얼굴을 두 손으로 감싸 쥐고는 그 까만 눈동자를 뚫어질 듯 내려다보았다. 그녀의 눈 속엔 보란에 대한 애정과 절대적인 신뢰가 짙게 깔려 있었다.

뜨겁게 내리꽂히는 사나이의 시선을 역시 뜨거운 시선으로 빨아들이며 그녀는 바짝 몸을 밀착시켜 왔다. 점점 커지는 심장의 고동이 두 사람의 몸에서 몸으로 전해졌다.

보란은 번쩍 그녀를 안아올렸다. 보란의 목에 두 팔을 감은 에비타는 지붕밑 방에 침대가 있다고 속삭였다.

젊은 부부가 살고 있는 그 집은 어디나 그랬지만 그 방은 특히 더 아늑했다.

에비타를 하얀 시트 위에 내려놓고 나서 보란은 경찰관이라고는 믿어지지 않는 그녀의 아리따운 모습을 한동안 지켜보았다.

「무엇을 망설이세요?」

그녀는 상기된 자신의 두 볼을 어루만지며 속삭이듯 말했다.

「계획에 없던 일이라서…….」

보란의 말에 그녀는 피식 미소를 떠올렸다. 그 미소는 다분히 자조적인 것이었다.

「인생이 계획대로만 되는 건 아니잖아요? 더욱이 요즘 같은 세상에……. 당신이나 저나 꿈많던 시절의 계획대로 살 수 있었다면 이렇게 만나지도 못했을 거예요.」

그녀는 짐짓 가볍게 얘기했지만 그 말엔 뼈아픈 그 무엇이 담겨 있었다. 보란은 묵묵히 고개를 끄덕이고는 손을 뻗쳐 그녀의 매끄러운 배를 쓰다듬었다.

그것은 육욕 때문이라기보다 그녀를 위로해 주고 싶은 마음에서였다.

「저 두 사람, 판과 로자리타는 자신들이 얼마나 멋진 생활을 하고 있는지 실감하지 못할 거요.」

오목한 배꼽을 부드러운 손놀림으로 더듬던 보란이 문득 생각난 듯 말했다. 그러자 그녀는 갑자기 토라져서 그의 손을 밀쳐내고 벽 쪽으로 돌아누웠다. 보란은 적이 당황하지 않을 수 없었다.

「아니, 에비타, 내 말뜻은…….」

「알아요. 저와 비교하려고 하신 말씀은 아니라는 걸. 하지만 결과는 마찬가지예요. 당신은 저와 로자리타를 비교하신 거라구요. 너무나 매정해요. 저도 여자인데…….」

흐느끼는지 그녀는 잠시 입을 다물었다가 코멘 소리로 다시 말했다.

「그렇게 말씀하시는 것도 무리는 아니에요. 저야 석 달 동안이나 마피아들과 굴러먹은 여자인 걸요. 지금도 전 만난 지 몇 시간 되지 않은 남자와 이렇게 버젓이 침대에 누워 있잖아요? 그래요. 잘 보셨어요. 전 그렇고 그런 여자예요.」

보란은 분노로 바르르 떨고 있는 그녀의 어깨를 어루만지며 침착하게 물었다.

「에비타, 당신은 그들을 사랑했소?」

「아니, 무슨 말씀을 그렇게 하시죠? 마피아와 사랑을요?」

그녀는 홱 돌아누우며 대들듯이 소리쳤다.

「그렇게 말할 줄 알았소. 당신은 사랑하고는 무관한 사람이오. 내가 살인하고 무관한 것처럼…….」

보란의 차분한 태도에 에비타는 한결 누그러진 말투로 되물었다.

「그게 무슨 뜻이죠?」

「우리는 말하자면 둘 다 프로인 셈이오. 때로 우리는 이성(異性)과 같이 자기도 하고 사람을 죽이기도 하지만 그것은 단지 우리가 벌이고 있는 전투의 일부분일 뿐 사랑도, 살인도 아니오. 내 말 알아듣겠소, 에비타? 내가 판과 로자리타 부부를 들먹인 것은 그들의 순진성에서 볼 수 있었던, 우리들에겐 잊혀진 지 오래인 동화의 나라가 불현듯 생각났기 때문이오. 그러나 우린 이미 그 나라에선 살 수 없는 사람들이오. 조금 전에는 내 말에 화를 냈지만 당신도 그 사실을 익히 알고 있을 거요. 어떻소, 로자리타처럼 살라고 하면 살 수 있겠소?」

에비타는 진지한 얼굴로 천천히 고개를 가로저었다. 보란은 씩 웃으며 하던 말을 계속했다.

「그것 보시오. 한번 프로의 세계에 뛰어든 사람은 다시는 동화의 나라로 되돌아갈 수 없는 법이라오, 이브.」

「이브?」

「그렇소. 당신은 이브의 후예요. 진실을 찾아 헤매다 결국 금단의 열매를 땄던……」

에비타는 눈을 반짝이며 보란의 다음 말을 기다렸다.

「그 대가로 이브는 저주를 받고 영원히 동화의 나라에서 쫓겨난 거요.」

「아담도 함께?」

「그렇소.」

「참 바보군요, 아담과 이브는.」

그녀의 입술 사이에서 긴 한숨이 새어 나왔다.

「그렇지만 그런 바보들이 없었다면 이 세상은 어떻게 되었겠소?」

굳이 대답을 듣고자 한 말은 아니었다. 보란은 촉촉히 젖은 에비타의 눈을 들여다보며 그 고운 머리칼을 어루만졌다.

그녀는 와락 그의 품속으로 파고들었다. 가슴에서 따뜻한 물기가 느껴졌다. 그는 말없이 그녀의 얼굴을 들어올려 두 볼을 타고 흐르는 눈물에 입술을 대었다. 그리고 정성스레 핥기 시작했다. 그녀의 상처를 위로하는 마음으로, 또 자신의 상처를 달래는 마음으로……

그렇게 그는 핥고 또 핥았다. 그녀의 볼을, 어깨를, 가슴을

……. 마지막으로 여체의 신비한 그곳까지.

그녀의 몸은 꿈틀거리며 그에 응답해 왔다. 그러나 그는 계속해서 혀를 놀렸다. 그녀의 가슴속에 맺혀 있던 응어리가 망각의 세계로 가라앉고 환희가 온몸을 지배할 때까지…….

「아아, 보란!」

마침내 그녀의 입에서 목마른 신음이 새어 나왔다. 그제서야 보란은 고개를 들었다. 그녀의 눈동자는 천상을 노닐며 보다 큰 희열을 갈망하고 있었다.

그는 서서히 물기 어린 비너스 계곡으로 빠져들었다. 그녀의 팔과 다리가 꽃뱀처럼 그를 휘감았다.

거친 숨소리가 방 안을 가득 메웠다. 싸움터는 무색해지고 지옥은 멀어졌다. 가슴을 억누르던 전투의 찌꺼기는 남김 없이 불태워졌다.

보란의 몸놀림이 차츰 격렬해졌다. 그의 다리를 감고 있는 에비타의 다리에 힘이 가해졌다.

그리고…… 다음 순간 두 사람은 똑같이 탄성을 지르며 서로를 꽉 껴안았다.

「이 순간이 영원히 계속된다면 얼마나 좋을까요?」

땀에 젖은 보란의 가슴을 쓰다듬으며 에비타가 말했다.

해는 이미 서쪽으로 기울었고 대지엔 땅거미가 깔리기 시작했다.

보란은 아쉬워 매달리는 에비타의 등을 토닥거려 주고 침대에서 몸을 일으켰다.

「에비타, 당신은 프로란 걸 잊지 마시오.」

「하지만 지금은 그저 여자이고만 싶은 걸요.」

솔직히 말해서 그건 보란도 마찬가지였다. 그도 그저 남자이고 싶었다. 그러나 마피아는 그걸 용납하지 않으리라.

그는 에비타가 미련을 버리기 쉽게 하기 위해 일부러 딱딱한 얼굴로 이야기를 꺼냈다.

「판과 부두에서 만나기로 했소. 지금 떠나야 약속된 시간에 도착할 수 있을 거요. 가다가 해야 할 일도 있고…… 또 놈들이 북소리를 울리며 쳐들어올지도 모르지 않소?」

「제 귀엔 당신 심장이 뛰는 소리밖에 들리지 않아요. 마피아의 북소리 따윈 듣고 싶지 않다구요!」

그녀는 벌떡 일어나서 그의 가슴에 귀를 갖다 대었다.

「참 한심한 아가씨군. 이런 아가씨가 어쩌다 경찰관 모자를 쓰게 되셨을까?」

이것은 그녀의 자존심을 건드려 프로로서의 의식을 일깨우려는 의도로 던진 말이었다. 예상대로 그녀는 고개를 번쩍 들며 민감한 반응을 보였다.

「그래도 그 모자값을 충분히 해왔어요.」

「모자값을 하느라고 빈체 트리에스터에게 그런 곤욕을 치렀나?」

「그건 정말 뜻밖의 일이었어요. 그가 엿들으리라고는 생각도 못 했으니까요.」

「본부에 보고를 하다가 들킨 거요?」

「네, 글래스베이에서의 소동에 대해…….」

「영어로 말이오?」

「네.」

웬일인지 그녀는 황급히 눈을 내리깔았다. 장난조로 얘기를 끌어나가던 보란은 문득 뭔가 이상한 낌새를 눈치 채고 다그쳐 물었다.

「왜 스페인어를 사용하지 않았소? 당신 입으로 이곳에선 스페인어가 공용어라고 말했던 것 같은데.」

「그건……..」

「이상하지 않소? 스페인어를 쓰는 게 훨씬 안전했을 텐데 영어를 썼다는 게 말이오.」

「그건 제 연락 상대가…… 스페인어를 몰랐기 때문이에요.」

보란은 그녀의 어깨를 꽉 잡았다.

「에비타, 아직까지 내게 말하지 않은 게 있는 듯한데 숨김 없이 털어놓아요.」

그녀는 대답 대신 한숨을 내쉬었다.

「어서, 에비타. 빨리 말하지 않으면 당신이 날 해치기 위해 이곳에 남았다고 생각하겠소.」

「어머! 그건 너무한 말씀이에요. 단지 업무상 비밀을 함부로 …….」

「함부로가 아니오. 한 사람의 생명과 관계 있는 일을 말하는데 어찌 함부로라고 할 수 있겠소?」

매우 난처하다는 표정으로 그를 바라보던 에비타는 한참 후에야 가까스로 입을 열었다.

「당신 혹시…… 〈스트라이크 포스〉란 말 들어 보신 적 있으세요?」

그는 크게 고개를 끄덕였다.

「연방 수사국 사람들이 와 있는 모양이군?」

「그래요. 공식 명칭은 특별 고문으로 돼 있지만…… 그들의 최대 관심사는…… 맥 보란인 것 같았어요.」

보란은 눈짓으로 그녀의 다음 말을 재촉했다.

「그들은 당신이 푸에르토리코에 올 것으로 확신하고 있었어요.」

「당신은 그들의 확신을 확인시켜 주었구?」

「네, 당신이 글래스베이에 도착한 즉시 보고했어요.」

「그러니까 내가 이곳에 왔다는 걸 그들에게 알리다가 트리에스터에게 발각되었나?」

「네.」

「보고가 끝난 다음에 당신은 무슨 일을 하기로 되어 있었소?」

「제 임무는 단지 보고하는 일뿐이었어요. 당신에 관한 모든 정보를요. 특히 당신의 죽음을…….」

「글래스베이에서 내가 죽지 않을 경우엔?」

「그땐…… 그러니까 당신이 탈출했을 땐 비상선을 쳐서 완전 봉쇄 작전을 펴기로 되어 있었어요.」

「아까 차 속에서 경찰의 검문 검색 운운한 것은 그 때문이었군.」

「맞아요. 이곳의 전경찰은 개미 한 마리도 무심히 지나쳐서는 안 된다는 엄명을 받았어요.」

「알 만하오. 그건 그렇고 경찰관 나으리, 당신에게도 맥 보란에 관한 특별 임무가 주어졌을 텐데?」

「아이 참, 몇 번을 얘기해야 아시겠어요? 저에겐 단지 보고하는 일만 주어졌었다고 말했잖아요? 당신의 도착, 죽음, 그리고 탈출 따위를 말예요.」

「정말이오?」

「원하신다면 맹세라도 하겠어요.」

그녀의 얼굴에 농담기라곤 조금도 없었다.

「좋소. 당신의 말을 믿기로 하겠소.」

「나빠요. 마음속으로는 날 의심하지 않았으면서도 괜히 그런 체해서 할 말 못 할 말 다 하게 하고…….」

그러나 그녀는 과히 기분 나쁜 표정은 아니었다. 그래도 보란 은 진지하게 사과했다.

「미안하오, 에비타. 당신도 알겠지만 정보는 나에겐 생명과도 같은 것이라오. 이왕 말이 나온 김에 한 가지만 더 묻겠소. 연방 수사국에서 나온 친구들말고 누가 또 날 쫓고 있소?」

「그건 저도 몰라요. 제가 아는 건 그들이, 당신이 제발 이 푸 에르토리코에서 죽어 주기를 바란다는 사실뿐이에요.」

「어딜 가나 다 그렇지.」

에비타는 보란이 불쌍해 못 견디겠다는 듯 그의 머리를 젖무 덤 사이로 끌어안으며 부드럽게 쓰다듬었다.

「보는 대로 사살하라! 이런 명령은 이미 오래 전에 떨어졌다 오. 그들은 이젠 나를 잡아다 법정에 세울 생각조차 않고 있소. 나에겐 재판을 받을 권리도 없단 말인가? 그 자들은 어떻게든 내가 죽어만 주었으면 하고 있으니.」

보란은 혼잣말처럼 중얼거렸다.

「그 자들이라뇨?」

「연방 정부 말이오. 난 지금 의회의 추적을 당하고 있소.」

「설마……. 그건 너무나 부당해요!」

「부당하다고 할 수만은 없지. 난 007 제임스 본드처럼 〈살인

허가증〉을 소지하고 있는 몸이 아니니까.」

「하지만 당신이 하고 있는 일은 제임스 본드와 마찬가지잖아
요. 사회 정의를 위해 악당을 쳐부순다는 점에서요. 그런데 왜
……?」

「그건 말이오, 에비타, 제임스 본드가 돈을 내고 차에 오른 사
람이라면 난 무임 승차를 한 사람이기 때문이오. 설사 한차에 몸
을 실었다 해도 그 둘 사이엔 엄청난 차이가 있소. 돈을 낸 승객
은 아무 말 안 해도 민주 시민에 신사고 숙녀지만, 주머니가 텅
빈 승객은 아무리 그럴 듯한 변명을 늘어놓아도 운전사 눈에는
사기꾼으로 보이는 법이니까. 이제 법을 집행하는 사람들이 날
여느 살인 청부업자들과 같이 취급하는 게 반드시 부당하다고만
은 할 수 없다고 한 내 말을 이해하겠소?」

「자신을 쫓는 사람들을 옹호하시다니, 당신은 참 별난 분이시
군요.」

에비타는 숨을 크게 들이마셨다가 가만히 내뱉었다.

「별난 게 아니라 현실적인 거요.」

그때까지도 그녀의 가슴에 머리를 묻고 있던 보란은 고개를
들고 빙긋 웃었다.

「그래도 저 같으면 그렇게 생각지 않을 거예요.」

「또 프로답지 않은 말을 하시는군요, 아가씨. 우리의 적은 연
방 정부가 아니라 마피아란 걸 잊으셨나요?」

그는 에비타의 코 앞에 바짝 얼굴을 들이대고 장난스럽게 말
했다. 그녀의 입에서 쿡 하고 웃음이 터져 나왔다. 모처럼 환하
게 펴진 그녀의 얼굴에 가볍게 입맞춤하고 나서 보란은 서둘러
침대에서 내려와 옷을 입기 시작했다.

곧 뒤따라 내려온 에비타는 옷 입을 생각은 않은 채 그의 뒤로
다가와 살며시 껴안았다. 등 뒤로 느껴지는 풍만한 젖가슴이 보
란의 욕망을 새롭게 자극했다.

그러나 그는 짐짓 힐난조로 그녀의 이름을 불렀다.

「에비타!」

그녀는 얼른 그의 가슴에 안기며 그의 말을 가로막았다.

「알아요. 무슨 말씀을 하시려는지. 프로답게 어서 출동 준비를
하시오, 이거죠? 좋아요, 좋다구요. 단, 한 가지 조건이 있어요.
마지막으로…… 키스해 주세요!」

대답할 여유도 주지 않고 와닿는 그녀의 입술을 보란은 거절
할 수 없었다.

길고도 격렬한 입맞춤이 한동안 계속되었다.

먼저 출발 준비를 끝낸 보란은 에비타가 옷을 입는 동안 지프
를 집 앞으로 끌어내기 위해 톰슨 경기관총을 둘러메고 밖으로
나왔다.

입술엔 아직도 에비타와의 긴 키스의 여운이 남아 있었다.

그녀는 참으로 대단한 여자였다. 스페인어로 〈작은 이브〉를
의미하는 에비타란 이름은 그녀에겐 당치도 않았다. 그녀는 〈위
대한 이브〉였다.

지프로 발걸음을 옮기며 그는 언젠가 만났던 또 하나의 〈이
브〉를 떠올렸다.

그녀의 이름은 마르가리타였다.

보란의 마음속에 평생 지워지지 않을 발자취를 남기고 죽어간
그녀는 에비타와 마찬가지로 프로였으며 〈위대한 이브〉였다.

그녀는 또 시인이기도 했다. 그녀의 시는 이 세상의 앞날을 걱정하는 사람이면 누구나 감동하지 않을 수 없을 만큼 훌륭했다.

심장이 고동칠 때마다 세계는 죽어 가고
생명은 폐허 위에서 피어난다
새로운 정신을 양분으로 삼아

그녀에겐 죽음도 두려움의 대상이 되지 못했다. 그녀는 죽음을 이렇게 노래했다.

이 가운데 그 어느 것을
남과 나누어 가질 수 있으랴
모든 사람의 체험이 다
새로운 세계를 이루어가는 것이기에
그 모든 체험 중에
죽음이란 것 또한
하나의 예외적인 각성에 지나지 않나니

회상에 잠겨 걷다 보니 어느새 지프를 숨겨둔 지점까지 와 있었다. 보란은 얼른 정신을 차리고 사방을 둘러보았다.

앞으로 20분 정도만 지나면 출발하는 데 충분할 정도로 어둠이 짙어질 듯싶었다. 그는 서둘러 지프 위에 덮어 두었던 나뭇가지들을 걷어냈다.

그때였다. 적막한 열대의 대기를 뚫고 뭔가 심상치 않은 소리가 그의 귀에 들어와 꽂혔다.

그는 반사적으로 톰슨의 안전 장치를 풀고 소리나는 쪽을 주시했다. 아직 깜깜하지는 않았던지라 곧 그는 먼지를 풀풀 날리며 돌진해 오고 있는 물체를 포착할 수 있었다.

순간 오두막 안에서 태평스레 그를 기다리고 있을 에비타의 모습이 떠올랐다. 그는 총알처럼 집 쪽으로 뛰어갔다.

9
수색대

　문명의 때가 전혀 묻지 않은 그 외딴 곳에 난데없이 나타난 물체는 셰비의 소형 이코노라인 모델 가운데 하나로 약 2년 전쯤에 나온 신형차였다.

　포장도 안 된 길을 고삐 풀린 말처럼 달려오던 셰비는 판의 오두막 앞에 이르자 끽 소리를 내며 앞으로 고꾸라질 듯 급정거했다.

　그 광경을 숨어서 지켜보며 보란은 차에 탄 사람들이 지리에 어둡다는 걸 알 수 있었다. 그곳 지리를 잘 알았다면 그렇게 무리하게 브레이크를 밟지는 않았으리라.

　차 안에는 모두 네 명의 사내들이 타고 있었다. 그들은 차가 멈춰 서기 무섭게 우르르 뛰어나오더니 뭐라고 수군댔다. 그들의 대화 내용은 보란의 귀에까지 들려 오지 않았으나 영어를 쓰고 있는 것만은 틀림없었다.

보란은 두 눈을 크게 뜨고 그들 네 명의 얼굴을 유심히 뜯어보았다. 한결같이 낯선 얼굴들이었다.

그때 마침 그들 중 한 명이 차에서 무전기를 꺼내 들고 누군가와 말을 주고받았다.

그들의 정체를 파악하는 데 도움이 될까 해서 보란은 신경을 곤두세웠다.

그러나 이번에도 그들이 영어를 쓰고 있다는 사실만 확인되었을 뿐, 무슨 말을 하고 있는지는 알 수 없었다.

미처 집 안으로 들어가지 못하고 나무 뒤에 숨어 있던 보란은 자꾸만 초조해지는 마음을 다잡아야 했다.

대체 저들은 누구인가? 무엇 때문에 이곳에 나타난 것인가?

지금 보란으로서는 무엇보다도 그들의 정체를 파악하는 게 급선무였다.

그들이 경찰이라면 보란은 그냥 자취만 감추면 그만이었다. 그렇게 되면 에비타는 그야말로 가장 안전한 보호하에 놓이게 되는 셈이었다. 또 보란으로서도 특별히 더 불리할 건 없었다.

그러나 만약 경찰이 아니라면……?

보란이 선뜻 다음 행동을 결정짓지 못하고 전전 긍긍하는 사이에 정체 불명의 사내들은 차 뒷좌석에서 쇼트건과 대형 리볼버 따위를 꺼내 하나씩 움켜쥐었다.

그리고 나서 그들은 무전기를 손에 든 사내의 지시를 받아 일사 불란하게 흩어졌다. 한 명은 곧장 오두막 쪽으로, 다른 두 명은 숲의 왼쪽과 오른쪽으로. 방향은 각각 달랐지만 그들은 모두 오두막으로 접근하려는 게 분명했다.

이제 그곳엔 한 명밖에 남아 있지 않았다. 그 사내는 차 한쪽 옆에 바짝 붙어 서서 오두막 쪽을 뚫어지게 바라보고 있었다. 보란은 살금살금 사내에게 다가갔다.

사실 보란은 넷이 한데 몰려 있을 때 단숨에 해치워 버리고 싶었다. 그들이 만약 경찰이 아니고 토니 레버니의 졸개들이라면 일이 난감하게 되기 때문이었다.

이렇듯 불리한 입장에 있을 때는 사태가 악화되기 전에 재빨리 선제 공격을 해야 하는 법이었다.

맥 보란은 그런 전투의 기본 원칙을 누구보다 잘 알고 있었다. 그럼에도 그는 네 명의 사내들이 흩어질 때까지 아무런 행동도 취하지 못했다. 상대의 정체도 모르는 상태에서 살상을 할 수는 없다는, 적과 아군을 명확히 구분하려는 프로 근성 탓이었다.

그것은 선량한 시민에겐 절대 해를 입히지 않는다는 보란의 이미지 메이킹에 큰 작용을 하기도 했으나 때로는 지금처럼 전투 수행에 있어 하나의 핸디캡으로 작용하기도 했다.

혼자 남은 사내는 여전히 오두막 쪽에 시선을 못박아 놓고 있었다. 〈정글의 고양이 맥〉은 사내의 등 뒤로 소리없이 다가 붙어 단단한 강철 총부리를 그의 척추에 들이댔다.

사내는 헉 하며 숨을 급히 삼키더니 금세 뻣뻣하게 굳어졌다.

빨리 그들의 정체를 파악해 다음 행동을 결정해야 할 보란에겐 긴 말을 늘어놓을 시간이 없었다. 그는 단도 직입적으로 물었다.

「여긴 왜 왔지?」

「살, 살려만 주십시오. 전 단지 명령대로…….」

더 들을 필요도 없었다. 경찰이라면 최소한 이런 비굴한 행동은 취하진 않으리라.

보란은 묵직한 총신을 번쩍 들어 사내의 머리를 힘껏 내리쳤
다. 사내는 아무 소리도 지르지 못하고 썩은 나무처럼 그대로 앞
으로 고꾸라졌다. 보란은 쓰러진 사내의 몸을 뒤집어 한 차례 더
후려쳤다.

이제 남은 놈은 셋! 그들은 어쩌면 벌써 〈위대한 이브〉가 혼자
남아 있는 오두막 안으로 들이닥쳤는지도 모른다. 오두막으로
달려가는 그의 마음속으로 불길한 그림자가 몰려들었다.

보란이 막 모퉁이를 돌아서자 쇼트건을 들고 안마당으로 들어
서려는 사내의 그림자가 언뜻 눈에 들어왔다. 좌우 숲속에서도
사람의 모습이 어른거렸다.

그렇다면 아직 에비타는 무사한 모양이군. 그는 일단 안도의
한숨을 내쉰 다음 어깨에 둘러멨던 톰슨을 내렸다.

오두막의 출입문은 활짝 열려 있었다. 보란은 적당한 엄폐물
에 몸을 감춘 뒤, 대형 리볼버를 끌어당겨 그 문을 향해 다가가
는 사내를 겨냥했다. 그러나 막상 조준을 끝내고 방아쇠를 당기
려는 순간 그는 멈칫했다. 문간에서 에비타의 모습이 보였던 것
이다.

「나오지 마!」

보란은 냅다 소리쳤다. 그녀의 모습은 곧 집 안으로 사라졌다.

덕택에 몇 초 목숨이 연장된 사내가 휙 돌아서더니 사방으로
마구 총알을 날렸다. 보란은 민첩하게 몸을 숙이고 사내의 심장
에 톰슨의 불꽃을 퍼부었다.

으악! 비명을 지르며 사내는 뒤로 벌렁 나자빠졌다. 사내의 손
에서 벗어난 대형 리볼버가 하늘을 향해 공허한 소리를 내질렀
다.

그때 에비타가 다시 문간에 나타났다. 그녀는 브래지어와 패티 코트만 달랑 걸친 채 두 팔에 톰슨 경기관총을 안고 있었다. 맥 보란을 돕기 위해 목숨을 내논 것이었다.

보란으로서는 참으로 뜻밖의 일이 아닐 수 없었다. 그러나 놀라고만 있을 수는 없었다. 좌우 숲속에서 거의 동시에 총알이 날아왔기 때문이었다.

보란은 잠시 주춤했다. 그러자 고맙게도 에비타의 기관총이 보란의 왼쪽 사각(死角)을 향해 작렬했다.

사실 에비타에게 톰슨 기관총은 감당하기 어려운 물건이었다. 총신을 바로잡으려고 안간힘을 썼으나 톰슨의 총구는 하늘을 향해 아무렇게나 총알을 뱉어내며 발광할 뿐이었다.

그래도 그것은 보란을 향해 다짜고짜 한 방 갈기고 나서 나무 뒤로 몸을 숨기려 하던 상대방에게 충분한 위협이 되었다.

보란은 에비타에게 마음속으로 감사의 말을 전하며 오른쪽 숲으로 탄환을 퍼부었다.

그러나 비교적 나무가 밀집한 숲이었던 탓에 적을 용이하게 맞힐 수가 없었다.

보란은 갑자기 사격을 중지하고 엄폐물 뒤에서 나오더니 총구를 왼쪽 숲으로 돌렸다. 자신의 몸을 미끼로 던져 상대를 숲속에서 끌어내려는 작전이었다.

예상대로 오른쪽 숲속의 사내는 보란이 왼쪽을 공격하려는 줄 알고 대뜸 몸을 드러내 총알을 퍼부었다.

보란은 허리를 낮게 굽히며 재빨리 몸을 돌려 톰슨의 방아쇠를 당겼다. 시퍼런 불꽃이 숲을 향해 날아갔다. 연속적으로 파고드는 총알을 온몸에 받으며 사내는 허공에서 사지를 뒤틀다 이

내 벌렁 나자빠졌다. 그때였다.

절명의 외침이 열대의 숲속에 울려 퍼지는 가운데 별안간 여자의 날카로운 비명이 파고들었다. 왼쪽 숲에 있던 사내가 에비타의 총에 총알이 떨어진 틈을 타 오두막으로 뛰어가며 반격을 개시했던 것이었다.

「안 돼!」

보란은 자신도 모르게 소리치면서 무의식적으로 퉁겨 나갔다. 그의 손은 미친 듯이 톰슨의 방아쇠를 잡아당기고 있었다.

지금 그에겐 오직 에비타의 안전만이 문제였다. 위대한 이브. 그녀가 그냥 죽도록 내버려둘 수는 없었다.

그는 이미 한 차례 이브의 죽음을 경험했었다. 마르가리타의 죽음을……. 이제 어렵게 만난 또 한 사람의 이브가 비명에 가야 한다는 건 참을 수 없는 일이었다.

분노의 불꽃을 토하며 질풍처럼 달려나가는 그는 흡사 포효하는 맹수와도 같았다.

무릇 자신의 몸을 돌보지 않고 달려들 때는 연약한 인간도 무서운 힘을 발휘하거늘 하물며 명 저격수의 경우에랴!

사내는 위대한 이브에게 총알을 날린 대가를 혹독하게 치러야 했다. 골은 터져 누런 뇌수가 땅바닥에 질펀했고 배에선 시뻘건 피와 함께 내장이 쏟아져 나왔다. 사방엔 어느 부위에서 떨어진 것인지도 모를 너덜너덜한 살점이 가득했다. 지옥의 사자라 해도 몸서리치지 않을 수 없는 처참한 광경이 눈앞에 펼쳐졌다.

그러나 맥 보란은 눈살 하나 찌푸리지 않고 곧장 오두막으로 달려갔다.

다행히 에비타를 향해 날아들었던 총알은 그녀의 뒤쪽 문기둥에 박혀 있었다. 보란이 다가가자 그녀는 간신히 들고 있었던 무기를 툭 떨어뜨리며 그 자리에 풀썩 주저앉았다. 그녀의 눈동자는 겁에 질려 크게 확대되어 있었다.

보란은 그녀를 두 팔로 감싸안으며 걱정스러운 듯 물었다.

「괜찮소?」

그녀는 초점 없는 눈동자로 그를 멍하니 바라보다가 한참만에야 간신히 입을 떼었다.

「네, 괜…… 찮아요.」

「이제 보니, 솜씨가 아주 굉장하던데?」

그녀의 창백한 얼굴에 희미한 미소가 떠올랐다.

「솜씨는 무슨…….」

「아니오, 아주 멋진 솜씨였소. 반할 정도로.」

「전 그냥 정신 없이 쏘아 대기만 했어요. 일단 총알이 나가기 시작하니까 앞이 하나도 안 보이지 뭐예요. 아! 대체 총이라는 미치광이 같은 물건은 누가 만들어 냈을까요?」

한숨을 내쉬는 에비타의 등허리를 보란은 가만히 쓰다듬었다.

문득 손에서 끈끈한 액체의 온기가 느껴졌다. 그는 얼른 손을 떼고 다급히 말했다.

「총에 맞았군!」

그녀는 그럴 리가 없다는 표정으로 어깨를 으쓱했다.

「아무렇지도 않은데요?」

그러나 보란은 벌거벗은 것과 다름없는 그녀의 몸을 뒤로 돌려세워 놓고 엉덩이 윗부분에서부터 샅샅이 조사해 올라가기 시작했다.

「글쎄, 괜찮다니까요.」

그녀는 이제 완전히 정상적인 상태로 돌아온 듯 제법 활기찬 목소리로 말했다.

「그럴까?」

보란은 여전히 심각한 표정이었다. 그녀는 킥킥대며 몸을 비틀었다.

「간지러워요. 제발 그만해요, 보란.」

「조금만 참아요. …… 아, 여기군.」

기어이 보란은 그녀의 왼쪽 겨드랑이 밑에서 피가 조금씩 새어 나오고 있는 상처 부위를 찾아냈다.

총알이 1인치만 더 안쪽으로 날아들었으면 어떻게 되었을까 상상하며 보란은 감사하는 마음으로 입을 열었다.

「훗날 손자에게 오늘의 전투를 실감나게 얘기해줄 수 있게 됐구료, 에비타. 이 상처 덕택에 말이오.」

「아, 그래서 아까 벌에 쏘인 것처럼 잠깐 따끔했군요?」

에비타는 그제서야 생각났다는 듯 태평스레 말했다.

남을 위해 쏠 줄도 모르는 기관총을 움켜쥐고 용감하게 적들 앞에 나섰다가 하마터면 치명상을 입을 뻔한 상황을 겪고 나서도 저렇듯 태연할 수가 있다니!

「참 대단한 여자요, 당신은!」

보란의 입에서 진심 어린 찬사가 터져 나왔다. 그녀는 단지 생긋 웃어 보일 뿐이었다.

보란은 그녀를 집 안으로 데리고 들어가 부엌 선반에서 찾아낸 소독약을 상처 부위에 바른 다음 붕대로 감아 주었다.

「어떻소, 지금 출발해도 괜찮겠소?」

보란의 질문에 그녀는 또렷한 목소리로 대꾸했다.

「물론이죠. 전 아무렇지도 않은 걸요.」

「좋소. 그럼 당장 떠납시다. 저놈들은 수색대의 일부분일 테니까.」

에비타는 고개를 끄덕이며 잠자코 옷을 챙겨 입었다. 그녀가 옷을 다 입기를 기다렸다가 보란이 말했다.

「난 밖에 나가서 지프를 끌고올 테니까 당신은 집 안을 돌아다니며 우리가 있었던 흔적을 말끔히 없애 버려요.」

그러자 그녀는 손을 뻗쳐 그의 허리를 감았다. 그녀의 눈동자엔 많은 이야기가 담겨 있었다.

보란은 그녀의 이마에 가볍게 입술을 대며 허리를 휘어감고 있는 그녀의 팔을 풀었다.

「시간이 없소, 에비타.」

그녀는 알았다는 듯 가만히 고개를 숙이더니 탄식조로 말했다.

「대체 당신은 언제까지 이렇게 쫓기는 생활을 해야 하나요?」

그것은 신(神)만이 알고 있는 일이었다. 보란은 선뜻 대답을 찾지 못해 어깨만 공연히 추썩거렸다.

그녀는 그에게 바짝 다가와 옷깃을 만지작거리며 안타까운 목소리로 재차 말했다.

「쫓고 쫓기고 죽이고…… 당신의 삶은 온통 숨막히는 전투의 연속이군요. 그러니 당신에게서 긴장과 죽음의 냄새가 물씬거릴 수밖에요. 저 같으면 그런 상태를 단 하루도, 아니 1분도 못 견딜 거예요. 당신은 아무렇지도 않은가요?」

아무렇지도 않을 까닭이 없었다. 그는 가늘게 떨고 있는 그녀의 손을 꼭 잡고 말했다.

「하지만 달리 선택의 여지가 없지 않소?」

그녀는 부르르 몸서리를 치며 시름에 잠긴 얼굴을 들어 그의 눈을 들여다보았다.

「그건 너무나 무책임한 말씀이에요. 노력도 해보지 않고 자신의 삶을 피비린내 나는 전장에 마냥 팽개쳐둘 순 없어요. 지금도 늦진 않아요. 찾아보면 방법이 있을 거예요.」

「글쎄…….」

보란은 고개를 갸웃했다.

「사실 당신을 만난 후로 저는 틈 있을 때마다 그 문제를 생각했어요. 그래서 말인데, 저에게 자수를 하면 어때요? 저와 함께 샌 주안으로 가는 거예요. 그곳엔 당신에게 동정적인 사람들이 상당수 있어요. 또 제가 알고 있는 고위층 간부들도 꽤 있구요. 틀림없이 그들은 당신이 이 푸에르토리코에서 안전하게 살 수 있도록 도와줄 거예요.」

보란의 입에서 한숨이 흘러나왔다.

「당신은 현실을 너무나 낙관적으로 보는 것 같소, 에비타. 내가 만약 자수를 한다면 그들은 웬 떡이냐 싶어 당장에 내 목을 내리칠 것이오.」

「아니에요. 그럴 리가 없어요! 제가 보증하겠어요.」

그녀는 확신에 찬 얼굴로 소리쳤다.

「좋소. 그들이 당장 날 없애진 않는다 칩시다. 그래도 최소한 구속되어 재판을 받는 것까지 면할 수야 없지 않겠소? 그런데 유감스럽게도 난 아직까지 마피아의 손길이 미치지 않는 유치장이 존재한다는 말은 들어 보지 못했소. 내가 아무 저항도 할 수 없는 상태로 갇혀 있는 걸 안다면 놈들은 길길이 뛰며 좋아할 거요. 그리고 즉시 살인 전문가를 파견할 거요.」

「그렇다면 당신에게 24시간 경비원을 붙여 두면 되잖아요. 아무도 접근하지 못하게 말예요.」

보란은 답답하다는 듯 세차게 고개를 저었다.

「그 경비원이 매수되지 않는다고 누가 장담할 수 있겠소? 또 설사 내가 유치장에서 안전하게 있을 수 있다 해도 문제가 해결되는 건 아니오. 난 이미 10여 개 주에서 중죄를 저지른데다 멀리 영국, 프랑스에까지 가서 사건을 일으킨 몸이오. 또 탈영병이기도 하고. 현재 FBI 범죄자 리스트에 제1호로 올라 있는 사람이 누군 줄 아오? 바로 나, 맥 보란이오. 그러니 내가 만약 자수하여 무죄 선고를 받는다면 그건 예수의 부활만큼이나 기적적인 일일 거요. 그나마 그렇게 된다 해도 법정에서 결판이 나기 전에 조니 머슈는 쉴 새 없이 날 없애려 할 테고…….」

「조니 머슈가 누구죠?」

「이 세상에는 실재하지 않는 마피아의 이름이오.」

그는 짐짓 장난스럽게 대꾸하고 나서 곧 정색을 하며 덧붙였다.

「에비타, 마피아라는 말을 입에 올릴 때 그러한 가공의 이름을 들먹여야 할 정도로 합중국의 사정이 다급해졌다는 걸 알아야 하오.」

「정부가 마피아에 대해 불분명한 태도로 나오고 있다는 건 저도 알아요. 참으로 한심한 노릇이에요.」

에비타는 서서히 자신의 주장에 대한 자신감을 잃어 가는 듯했다. 그는 단호하게 말했다.

「내 삶의 현장은 싸움터 이외의 그 어느 곳도 될 수가 없소.

물론 때로는 그곳에서 벗어나고 싶은 게 솔직한 심정이지만 그건 어디까지나 순간적인 충동일 뿐 삶의 방식 자체를 뒤엎을 만큼 강렬하지는 않소. 난…… 아마도…… 내 몸에 흐르고 있는 마지막 한 방울의 피까지 다 쏟아 내기 전에는 손에서 총을 놓지 않을 것이오.」

「대단한 결의시로군요.」

그녀는 천천히 뒷걸음질 치며 중얼거리듯 말했다.

「아직도 내 말을 정확하게 이해하지 못하는군, 에비타. 그건 나 자신의 선택에 의한 결의가 아니고 어쩔 수 없는 자기 합리화요.」

그렇다. 그가 가진 운명의 동전엔 전투라고 새겨진 한 면밖에는 없었다. 거듭되는 전투 속에서 그 사실을 깨달은 보란은 언제부터인가 〈전투는 곧 삶〉이란 등식을 세워 놓고 있었다.

그는 풀이 죽어 서 있는 에비타를 뒤로 하고 서둘러 밖으로 나왔다.

지프를 문 앞에 세워 놓고 뒷좌석에 놈들의 시체를 싣고 있노라니 놈들의 무기를 챙겨 들고 있는 에비타의 모습이 보였다.

빈체 트리에스터로부터 구출해서 지프에 태웠을 때도 그녀는 지금처럼 센스 있는 행동을 취하지 않았던가. 지프 뒷좌석에 오르자마자 동그마니 웅크려 몸을 사리던 그녀의 모습을 떠올리며 보란은 혼자 싱긋 웃었다.

잠시 후 그녀는 톰슨에서 튀어나온 탄피를 하나하나 주워 모으고 있는 보란에게 다가와 말했다.

「총은 지프에 실어 놨어요. 이젠 무얼 하죠?」

「당신 혹시 이 근처에 있다는 노천광 얘기 들어 보았소?」

「아그리게츠 광산 말씀이군요. 듣다마다요. 가는 길도 알고 있어요. 여기서 북쪽으로 약 3마일 가량 가면 돼요.」

「됐소. 그럼 나를 그곳까지 안내해 주시오.」

보란은 판의 오두막 주위가 깨끗하게 정리되는 즉시 놈들 차가 있는 곳까지 그녀를 태우고 가서는 그곳에 널브러져 있는 시체를 마저 지프에 실었다.

「만약의 경우에 대비해서 이것을 갖고 있는 게 좋겠소.」

시체에서 32구경을 꺼내 그녀에게 건네며 보란이 말했다.

「이 총이라면 저도 다룰 수 있어요.」

그녀는 익숙한 손놀림으로 실린더를 돌렸다.

「그것 참, 듣던 중 반가운 소리군!」

보란은 낮게 휘파람을 불면서 놈들이 몰고온 셰비를 점검했다.

「이 차, 글래스베이 놈들 거예요? 그런데…… 여기 이상한 게 있네요?」

어느새 그의 등 뒤에 와 있던 에비타가 말했다.

「무전기 말이오?」

「아니에요. 이것 좀 보세요.」

그녀의 손은 차의 지붕 위에 그려져 있는 특수한 무늬를 가리키고 있었다. 보란은 밝은 오렌지색의 그 무늬를 찬찬히 들여다본 후 말했다.

「대공 표지(對空標識)로군.」

「네?」

「공중에서도 차를 알아볼 수 있도록 표시해논 거란 말이오, 이건.」

「헬리콥터를 위해서군요. 놈들은 헬리콥터까지 동원할 작정이 었으니까요.」

그녀는 글래스베이에서의 악몽이 되살아난 듯 부르르 몸을 떨 었다.

「하지만 이렇게 어두워진 마당에 이 따위 표지며 헬리콥터가 무슨 소용이 있을까.」

그 표지를 어루만지면서 혼잣말처럼 중얼거리던 보란은 갑자 기 긴장된 목소리로 덧붙였다.

「그렇군! 이건 야광 페인트요.」

「싹 벗겨 버리면 되잖아요?」

보란은 잠시 생각에 잠겼다. 그의 손가락은 셰비의 지붕을 가 볍게 두드리고 있었다.

아무리 나쁜 조건이라 해도 1퍼센트의 긍정적인 측면은 갖고 있는 법이다. 특히 수세에 몰려 있는 군인으로서는 그 1퍼센트 의 가능성을 얼마나 빨리 포착해서 얼마나 유용하게 이용하느냐 에 따라 승자도 될 수 있고 패자도 될 수 있는 것이다.

맥 보란이 수많은 전투에서 아직까지 살아 남을 수 있었던 것 은 바로 악조건 속에 숨어 있는 가능성을 포착하는 능력이 뛰어 났기 때문이라고도 할 수 있었다. 지금도 그는 1퍼센트를 찾고 자 애쓰고 있었다. 이윽고 그가 입을 열었다.

「그냥 내버려 둡시다. 혹시 도움이 될지도 모르니까.」

보란이 무슨 이유로 대공 표지를 그대로 놔두자고 하는지는 알 수 없었으나 그의 탁월한 전투 능력을 익히 알고 있는 에비타 는 묵묵히 고개를 끄덕였다.

「그럼 이제 진짜 출발합시다. 내가 이 차를 몰 테니 당신은 지

프를 운전해요. 시체가 네 구나 실린 영구차를 끌고 가라고 해서
안됐소만 이 차는 놈들의…….」

그때 셰비 속에 있던 무전기가 삑삑거리며 보란의 말을 가로
막았다.

「그라운드 포, 그라운드 포. 여기는 에어 원. 응답하라 오버.」

헬리콥터의 프로펠러가 돌아가는 소리인 듯한 요란한 잡음 속
으로 뉴 잉글랜드 지방 특유의 사투리가 흘러나왔다.

「놈들이에요! 어떡하죠?」

손가락을 세워 하늘을 찌르는 시늉을 하며 에비타가 호들갑스
럽게 소곤댔다.

「어떡하긴. 받으면 되지.」

보란은 태연히 무전기의 버튼을 눌러 수신에서 송신으로 바꾼
다음 말했다.

「여기는 그라운드 포. 허탕입니다. 텅 빈 헛간뿐입니다.」

「젠장! 왜 이렇게 늦게 받는 거야! 자넨 항상 무전기 곁을 떠
나지 말라고 했잖아!」

「수색을 빨리 끝내려고…….」

보란은 싱긋 웃으며 에비타에게 손가락으로 V자 모양을 만들
어 보이면서도 입으로는 문책당하는 입장인 양 변명을 늘어놓았
다. 상대방은 약이 바짝 오른 듯 악을 썼다.

「입 닥치고 빨리 다음 지점으로 옮겨!」

다음 지점이라니!

보란은 순간 당황했으나 내친 김에 모험을 해보기로 작정하고
는 능청스레 말을 붙였다.

「거기 가봐도 마찬가지일 것 같습니다. 해는 지고 날은 어두워

졌는데 헛수고만 계속하고 있을 수는 없지 않습니까?」

　너무나 천연덕스러운 보란의 말에 상대는 한결 누그러진 목소리로 응답해 왔다.

「무슨 뾰족한 수라도 있는 듯한 말투군그래.」

「있다마다요. 전 지금 흥분해서 온몸이 짜릿짜릿할 지경입니다.」

「약올리지 말고 빨리 말해봐. 그래, 놈의 흔적이라도 발견했나?」

「여기서 북으로 약 3마일 지점에 노천 광산이 있습니다. 거기서도 보입니까?」

「안 보인다. 우린 지금 해안을 따라 비행중이다. 그런데 그 노천광에 놈이 있다는 말인가?」

「그건 아직 확실치 않지만 그럴 가능성이 높습니다.」

「좋다. 그럼 계획을 변경한다. 그곳을 뒤져라, 알겠나?」

「네. 도착 즉시 보고하겠습니다.」

「기다리겠다. 로저 아웃.」

교신이 끝나기가 무섭게 에비타는 풋 하고 웃음을 터뜨렸다.

「아, 당신 연기 솜씨가 그렇게 뛰어난 줄 미처 몰랐는데요? 너무나 자연스럽게 상대의 위치를 알아냈잖아요? 정말 배우로 나갈 걸 잘못했어요.」

보란도 그녀를 마주 보며 킥킥댔다.

「아까운 인재 하나가 썩고 있는 셈이지. 오, 빛나는 연기자가 될 뻔한 맥 보란이여! 그대의 인생은 어디서부터 빗나가기 시작했는가!」

그는 무대 위에 선 배우처럼 과장된 몸짓을 하며 즉흥적으로 대사를 읊었다.

그러자 에비타는 갑자기 웃음을 거두고 정색을 했다.

「당신보다 더 빗나간 사람도 많아요.」

보란은 높이 들었던 양손을 내릴 생각도 못한 채 획 돌아서서 또박또박 걸어가는 그녀의 모습을 멍하니 바라보았다.

그녀는 곧장 지프로 다가가 시체가 네 구나 실린 뒷좌석에는 눈길 한 번 주지 않은 채 태연히 운전석에 올라탔다.

그러나 보란은 그 태연함의 피막 바로 밑에서 출렁이고 있는 연민과 불안의 물결을 똑똑히 읽을 수 있었다.

연극은 끝난 것이다. 그들은 서로 태연한 척하고 낄낄대기까지 했지만 상황의 불리함을 결코 모르지 않았다. 위대한 이브도 위대한 연기자도……

하늘과 땅, 양면으로 눈을 벌겋게 뜨고 맥 보란을 추적하는 마피아의 졸개들, 푸에르타 비스타에서 그가 나타나길 기다리고 있다는 생면 부지의 경찰들. 게다가 그의 기관총엔 실탄이 얼마 남아 있지 않았다.

보란은 한숨을 내쉬며 셰비에 올라탔다. 그때 지프가 옆에 와서 멎더니 미소띤 여자의 얼굴이 나타났다.

「말씀 드릴 게 있어요. 전 아무래도 경찰관 자격이 없나 봐요. 글쎄, 제 양심은 당신을 끝까지 도와 주어야 한다고 말하지 뭐예요. 양심을 따르자니 배지가 울고, 배지를 따르자니 당신이 울고, 난 어찌해야 할지 모르겠어요. 홋홋. 하지만 전 원래 양심에 충실한 사람이랍니다.」

그녀의 말이 끝날 때쯤 지프는 벌써 먼지를 날리며 앞으로 달려가고 있었다.

　보란은 서둘러 셰비의 시동을 걸고 지프의 뒤를 바짝 쫓기 위
해 서둘렀다.

10
유인 작전

그들은 사방에 어둠이 제법 짙게 깔릴 무렵에야 노천 광산에 도착했다.

지프 뒤에 조금 처져서 따라가던 보란은 광산 입구에 이르자 바짝 속력을 내서 지프를 앞질렀다.

이젠 그가 에비타를 이끌 차례였던 것이다.

보란은 노면이 고르지 못한 길을 한참 달리다 보기 흉한 상처 같은 굴착 현장이 내려다보이는 벼랑에 이르러서야 브레이크를 밟았다.

차가 멈추자 곧 그는 밖으로 나와 주위를 둘러보았다.

불빛 하나 새어 나오지 않는 어둠 속에 큼직큼직한 기계들만이 여기저기 웅크리고 있었다. 어딜 보아도 어둠과 정적뿐, 경비원이 있을 듯한 기색이라곤 전혀 없었다.

에비타가 조심스레 그에게 다가와 속삭였다.

「어쩐지 으스스한 곳이군요. 시체를 버리기엔 안성맞춤이겠어요.」

「하지만 시체는 버리지 않을 생각이오. 대신 죽은 놈들에게 멋진 배역을 맡길 거요. 에비타, 기대해요. 조금 있으면 두 번 다시 보지 못할 기상 천외한 연극이 시작될 테니. 그럴려면 소도구가 좀 필요한데, 부탁 하나 들어주겠소?」

그녀는 침을 꿀꺽 삼키고 나서 고개를 끄덕였다. 보란은 그곳에서 얼마 떨어지지 않은 움막을 손가락으로 가리키며 말했다.

「저건 틀림없이 화약고일 거요. 그러니 저기 가서 다이나마이트를 서너 발 집어 와요. 뇌관도 같이 말이오. 만약 자물쇠가 채워져 있거든…….」

「자물쇠 따윈 걱정 마세요. 전 이래뵈도 경찰이라구요. 그럼 갔다 올게요.」

말이 끝나기가 무섭게 그녀는 움막을 향해 쏜살같이 달려나갔다.

보란은 에비타가 몰고온 지프 뒤로 다가가 시체를 끌어내려 적당한 위치에 배치하기 시작했다.

가장 말짱한 시체는 운전석의 핸들 위에 엎어놓고 에비타에게 총을 쏘았다가 걸레가 된 시체는 잘 보이지 않는 곳에 쓰러뜨려 놓았다. 나머지 두 구는 적당한 간격을 두고 눈에 띄는 곳에 엎어 놓았다. 놈들의 무기를 그럴 듯한 곳에 떨어뜨리는 것도 잊지 않았다.

그 일이 끝나자 그는 세비로 돌아와 톰슨을 꺼내 들었다. 실탄 때문이었다. 그는 세 자루의 실탄을 한데 모아 한 자루의 탄창에 장전했다.

에비타가 무사히 임무를 마치고 헐레벌떡 돌아왔을 때, 보란은 기상 천외한 연극의 무대 장치에 마지막 손질을 하고 있었다.

그녀는 곧장 그에게 다가와 조심스레 운반해온 다이나마이트를 내밀었다.

「여기 있어요.」

「됐소. 이거면 충분하겠군. 수고했소, 에비타.」

땀이 송글송글 맺힌 에비타의 콧잔등에 가볍게 입을 맞추고 나서 그는 다이나마이트를 받아 땅바닥에 내려놓았다. 이어 그는 에비타의 팔을 잡아당겨 품에 안으며 유쾌하게 말했다.

「에비타, 이번에는 맥 보란의 연출 솜씨를 구경할 차례요. 작품 제목은 〈헬리콥터 잡는 시체들〉. 그럼 지금부터 줄거리를 얘기해 주겠소.」

찰리 드라고네는 자꾸 안절부절못하면서 수백 피트 발 아래에서 급속히 뒤로 밀려가는 바위가 많은 해안선에 눈길을 쏟고 있었다.

벌써 몇 시간이나 허탕질만 하고 다녔기 때문에 그는 화가 머리끝까지 치밀어 올랐다.

잡기만 해봐라!

이를 갈며 분을 삼키고 있는 찰리를 흘끗 쳐다보며 조종사 그리말디가 조심조심 말했다.

「연료가 얼마 남지 않았습니다.」

「누굴 멍청이로 아는 거야? 그 정도는 나도 아까부터 알고 있었어! 잔말 말고 조종이나 해!」

「하지만 10분 후면 연료가…….」

「입 닥쳐!」

찰리는 눈을 부라리며 깔아뭉갤 듯한 기세로 악을 썼다.

그들 두 사람은 성격 차이가 많이 났다. 게다가 윗사람을 몰라 보고 함부로 나불거리는 경망스런 말단 부하가 찰리는 못마땅했다.

「도대체가 요즘 애들은 겁이 없단 말이야!」

그는 윗사람이 죽으라면 죽는 시늉까지 했던 자신의 말단 시절을 돌이켜보며 버릇없는 부하를 잡아먹을 듯 노려보았다. 생각할수록 조직의 앞날이 걱정스러웠다.

찰리는 한숨을 내쉬며 무전기의 송신 버튼을 눌렀다. 쌕쌕이 토니 레버니와 교신하기 위해서였다.

「여기는 에어 원. 그라운드 콘트롤 나와라. 오버.」

「여기는 그라운드 콘트롤. 기다리고 있었습니다. 잠깐 기다리십시오.」

잠시 후 토니 레버니의 흥분된 목소리가 무전기에서 흘러나왔다.

「그렇잖아도 자넬 부르려던 참이었는데 마침 잘 됐군. 즉시 라티고를 호출해 푸에르타 비스타로 오도록 전하게. 여기 부둣가에서 재미있는 게임이 벌어지고 있는 모양이니까.」

라티고는 지금 〈에어 투〉에서 글래스베이의 서부 지역 일대를 초계중이었으므로 그라운드 콘트롤이 자리한 동부에서는 직접 교신이 되지 않았다.

「아니, 재미있는 게임이 벌어지다니요? 보란놈이라도 잡았단 말입니까!」

「잔소리 말고 빨리 연락해!」

「알겠습니다.」

찰리는 윗사람을 대할 때는 어떻게 해야 하는지를 버릇 없는 부하에게 보여 주려는 듯 잔뜩 공손을 떨며 대꾸한 다음 급히 덧붙여 물었다.

「지상에 있는 정찰대를 모두 이끌고 가라고 할까요?」

「그래. 총집합시켜서 이리로 오라고 해. 이상.」

새로운 명령이 떨어지자 찰리는 정작 해야 할 말——비행을 계속할 것인지 어쩔 것인지에 대한——은 까맣게 잊은 채 그것으로 교신을 끝내고 곧 에어 투의 라티고를 불러 보스의 명령을 전달했다.

조종사 그리말디는 답답해 죽을 지경이었다. 날은 저물고 연료는 떨어져 가는데 시덥잖은 놈이 옆에 앉아 상관이랍시고 악을 써대다 이젠 무전기에 매달려 엉뚱한 얘기만 늘어놓고 있으니 그럴 법도 했다. 그는 불만에 찬 얼굴로 연료계와 찰리를 번갈아 흘끔거렸다.

그때였다. 찰리가 막 라티고와의 교신을 끝내고 흡족한 미소를 띠며 지상을 내려다보는 찰나, 무전기가 다급한 소리를 토해 냈다.

「에어 원, 에어 원!」

찰리는 허둥지둥 송신 버튼을 누르고 응답했다.

「여기는 에어 원. 무슨 일인가?」

「여기는 그라운드 포. 드디어 찾아냈습니다!」

「뭘 찾아냈다는 거냐? 덜렁대지 말고 차근차근 말하라.」

「놈을 찾아냈습니다. 지금 놈은 버젓이 우리 지프에 타고 있습니다.」

「현재 위치가 어딘가? 광산인가?」

「그렇습니다. 이쪽으로 오시겠습니까?」

「가만, 보스는 해안 쪽에서 뭔가 발견했다고 했는데……」

찰리는 눈알을 데굴거리며 혼잣말처럼 중얼거렸다. 무전기가 또다시 다급한 목소리를 뱉어냈다.

「시간이 없습니다. 빨리 결정하십시오.」

「잠깐 기다려. 조금 전에 보스가 지상 정찰대를 모두 해안으로 호출했단 말이다. 그런데 난데없이 광산이라니……!」

「정말입니까? 햐, 이거 상금을 독차지하게 됐는데요?」

의외로 신이 난 듯 들뜬 목소리가 흘러나오자 찰리는 급히 무전기를 고쳐 잡으며 소리쳤다.

「그건 또 무슨 말이냐?」

「지금 놈은 독 안에 든 쥐나 다름없습니다. 그러니 저 혼자서도 넉넉히 때려잡을 수 있다는 말입니다. 그렇게 되면 상금 25만 달러는 내 차지가 될 게 뻔하지 않습니까? 그럼.」

갑자기 무전기가 조용해졌다. 똥끝이 탄 찰리는 의자에서 벌떡 일어서며 악을 썼다.

「야, 잠깐!」

그러나 죄없는 머리통만 헬리콥터 천장에 호되게 부딪쳤을 뿐 한번 입을 다문 무전기는 다시 입을 열지 않았다.

「빌어먹을! 한쪽에선 해안에서 나타났다고 하고 또 한쪽에선 광산이라 하고…… 누굴 놀리는 거야 뭐야!」

카포의 오른팔을 꿈꾸는 찰리는 아픈 머리를 연신 문지르며 누구에게랄 것도 없이 마구 욕을 퍼부었다.

그 동안에도 시시각각 연료는 줄어들고 있었다. 조종사 그리

말디는 불끈불끈 치미는 울화통에 급기야 벌컥 신경질을 내고
말았다.

「대체 어떡하실 생각입니까!」

순간 찰리는 고개를 홱 돌리고 이글거리는 눈동자로 그리말디
를 노려보았다.

화가 치밀 대로 치민 그리말디 역시 지지 않고 마주 쏘아보았
다. 일촉 즉발의 긴장감이 좁은 헬리콥터 안을 가득 메웠다.

그러나 워낙 연료 사정이 다급했던지라 이번만큼은 찰리가 양
보하지 않을 수 없었다. 그는 그리말디에게 향했던 날카로운 시
선을 애꿎은 연료계에 꽂으며 퉁명스레 물었다.

「연료가 얼마나 남았다구?」

그리말디는 화난 얼굴을 풀지 않은 채 지도를 잠시 보다가 대
꾸했다.

「잘 하면 광산까지 갔다가 본부로 돌아갈 수 있겠습니다.」

「음…… 어떻게 한다?」

찰리는 선뜻 결정을 내리지 못했다. 언제나 보스의 명령에 기
계적으로 복종해 오던 그의 두뇌로선 스스로 결단을 내린다는
게 실로 벅찬 과제였다.

할 수 없이 그는 무전기 버튼을 누르고 토니 레버니를 불렀다.

「여기는 에어 원. 그라운드 콘트롤 나와라.」

그러나 무전기는 꿀먹은 벙어리인 양 아무 말도 내뱉지 않았
다.

「젠장! 빨리 안 받고 뭣들 하는 거야!」

그는 무전기를 탁탁 두드리며 고래고래 소리를 질렀다. 그래
도 여전히 무전기에선 응답이 없었다. 게다가 옆에선 그리말디

의 독촉이 성화 같았다.

찰리 드라고네에겐 그야말로 조직 생활 10년에 최초로 겪는 난관이었다. 이런 일에 비하면 사람을 죽이고 패는 건 얼마나 손쉬운 일인지……. 그는 다시는 헬리콥터에 타지 않으리라 굳게 마음먹으며 식은땀을 훔쳐냈다.

「광산까지는 갔다올 수 있단 말이지?」

중얼거리듯 묻는 찰리의 질문에 그리말디는 또 한 번 울화가 폭발하고 말았다.

「이젠 나도 모르겠습니다! 알아서 하십시오. 광산에 가든 밤새 망설이다가 추락해 버리든…….」

「누가 윗사람인지 모르겠군! 알았다구. 가면 될 것 아냐! 광산으로 가자구!」

될 대로 되라는 심정으로 지시는 내렸으나 찰리 드라고네의 단순한 두뇌 컴퓨터는 감당할 수 없는 사태로 인해 형편없이 뒤엉켜 버렸다.

타타타……! 요란한 소리를 내지르며 헬리콥터는 먹물을 풀어놓은 듯한 어둠을 뚫고 나아갔다.

뜨거운 차 한 잔을 마셨을 정도의 시간이 흘렀을 때, 마침내 그들을 태운 헬리콥터는 광산 위에 도달했다.

찰리는 눈알을 희번득거리며 지상을 내려다보았다. 그러나 보이는 것이라곤 칠흑 같은 어둠뿐이었다.

「뭐가 보여야…….」

막 입을 열어 투덜대려던 찰리는 저 앞에 희미하게 보이는 대공 표지판을 발견하고 급히 외쳤다.

「저쪽에 뭔가가 있다!」

그리말디는 천천히 고도를 낮추며 기체를 그쪽으로 몰았다.

오렌지색 대공 표지판이 점점 선명해지면서 어둠을 가르고 있는 두 줄기 헤드라이트 불빛이 눈에 들어왔다.

찰리는 헬리콥터의 관측창에 바짝 얼굴을 갖다 댔다. 두 개의 빛줄기 속으로 비스듬히 세워진 지프가 부옇게 떠올랐다.

지프의 핸들엔 웬 사내가 엎어져 있었고 양 옆에도 두 놈이 나뒹굴고 있었다. 그리고 지프 뒤로는 여인의 무성한 덤불을 연상시키는 굴착구가 보였다.

「뭔가 있긴 있었던 모양이군그래!」

찰리가 감탄조로 말했다.

「내리시겠습니까?」

넋이 빠져 있는 찰리의 얼굴을 흘끗 보고 나서 조종사가 물었다.

「그래야지. 아냐, 그래도 혹시 모르니까…….」

조직의 밥을 10년 이상이나 축낸 만큼 찰리에게도 본능화되다시피 한 감각이 없진 않았다.

그는 손을 들어 그리말디에게 잠시 기다리라는 뜻을 전한 다음 무전기의 송신 버튼을 눌렀다.

「그라운드 포. 그쪽 상황을 보고하라.」

그러나 웬일인지 아무런 응답이 없었다. 그는 다시 한 번 말했다.

「그라운드 포. 무슨 일인가? 응답하라. 여기는 에어 원이다. 그라운드 포.」

그때서야 다 죽어 가는 듯한 사내의 음성이 들려 왔다.

「당…… 당했습…… 니다.」

「뭐라구? 놈을 놓쳤단 말이야?」

벌떡 몸을 일으키며 찰리가 소리쳤다. 그 바람에 그는 또 한 번 헬리콥터 천장에 머리를 찧어야 했다. 하지만 지금 그게 문제가 아니었다. 그는 상대방이 대답할 틈을 주지 않고 닦달을 해댔다.

「빨리 말해, 멍청한 놈아! 뭐가 어떻게 됐다는 거야?」

「놈은…… 해, 해치웠습니다만, 나도…… 총…… 맞아…… 으……!」

순간 찰리의 입이 딱 벌어졌다.

놈을 해치웠다. 놈을 해치웠다……!

그의 귀엔 이 말만이 반복해서 들려 왔다. 죽음의 고통에 시달리고 있는 부하의 신음 따위가 파고들 틈은 이미 없었다.

「그게 정말이야? 응? 놈을 정말 해치웠어?」

찰리는 흥분에 겨워 무전기를 먹어 버릴 듯 입 가까이 들이대고 마구 떠들어 댔다.

눈치 빠른 그리말디는 재빨리 조명등을 켜고 고도를 50피트로 낮추어 주었다. 찰리는 고집스레 입을 꽉 다물고 있는 무전기를 팽개치고 다시 지상을 내려다보았다.

어른어른 퍼져 나가는 둥그런 청색 불빛 덕택에 사건 현장을 똑똑히 볼 수 있었다.

「정말인가 본데? 그렇지?」

손가락질을 하며 크게 외치는 찰리의 얼굴이 벌겋게 달아올랐다.

「그런 것 같습니다.」

그리말디도 사뭇 들뜬 음성이었다.

「그럼 내려야지…….」

너무나 감격해서 찰리는 그 다음말을 잇지 못했다.

이윽고 헬리콥터는 두 대의 자동차 사이에 가뿐히 내려앉았다. 찰리는 심호흡을 크게 한 번 한 다음 사방을 둘러보았다. 수상한 낌새라곤 조금도 없었다.

그는 리볼버를 빼들어 여차하면 그대로 내갈길 만반의 태세를 갖추고 천천히 문을 열었다.

지프까지의 거리는 불과 열 발자국 정도. 여전히 개미 새끼 한 마리도 움직이는 기척이 없었다.

더 이상 망설일 이유가 없다고 판단한 찰리는 땅에 발이 닿았다고 느껴지는 순간 득달같이 달려나가며 지프를 향해 총알을 퍼부었다.

만에 하나, 미처 꺼지지 않은 생명의 불길이 마지막 순간에 승패를 뒤엎어 버릴까 염려해서였다.

그러나 그것은 쓸데없는 걱정이었음이 곧 밝혀졌다. 지프 속의 사내는 총알받이로 온몸을 내맡긴 채 꿈쩍도 하지 않았다.

「으하하하……!」

찰리의 입에서 호탕한 웃음이 터져 나왔다. 드디어 놈을 해치운 것이다!

그는 가슴을 쫙 펴고 보무도 당당하게 지프로 다가갔다. 한 발 한 발 옮길 때마다 짜릿한 흥분이 전신으로 퍼졌다.

바야흐로 꿈이 현실화되는 순간이었다. 카포의 오른팔, 25만 달러의 현상금!

너무나 좋아서 코를 벌름거리며 찰리는 지프에 엎어져 있는 시체의 머리를 힘껏 낚아채 뒤로 홱 젖혔다.

순간 찰리 드라고네의 얼굴은 하얗게 질리고 말았다.

흰창만 남은 눈으로 자기를 올려다보고 있는 것은 바로 그라운드 포의 리더가 아닌가.

두 번 다시 만회할 수 없는 실수를 저질렀다는 뼈아픈 자각이 가슴을 갈기갈기 찢었다. 주체하기 어려울 정도의 돈과 권력을 쥐고 떵떵거려 보려던 핑크빛 꿈이 산산이 깨지는 소리가 귀를 때렸다.

찰리는 멍청히 서서 그 소리에 귀를 기울였다. 그의 얼굴엔 어쩔 수 없이 받아들여야 할 결정적인 패배의 그림자가 짙게 드리워져 있었다.

현실의 소리인 듯, 환상의 소리인 듯 자꾸만 커지기만 하던 그 소리는 급기야 기관총의 요란한 작렬음으로 변하여 찰리의 심장을 꿰뚫고 지나갔다.

그리고 다음 순간 찰리의 몸뚱이는 차디찬 시체가 되어 무참하게 깨어진 꿈과 함께 끝없는 나락으로 굴러 떨어졌다.

그곳으로부터 얼마 떨어지지 않은 곳에서 솜씨 좋은 마피아의 파일럿은 숨을 헐떡이며 그 광경을 지켜보고 있었다.

하루에 두 번씩이나 청천 하늘에 날벼락 같은 역전패를 경험해야 한다는 건 실로 고통스러운 일이었다. 더구나 하루에 두 번씩이나 싸늘한 총구에 입맞춤을 당해야 한다는 건 더더욱 참기 힘들었다.

「시키는 대로 다 할 테니 제발 총 좀 치워 주십시오.」

그리말디는 목줄기를 지그시 누르고 있는 흉칙한 물건 쪽으로 시선을 보내며 통사정을 했다.

「글쎄, 가만히 있으라지 않아요!」

여자의 날카로운 목소리에 이어 얼음장 같은 사내의 음성이 들려 왔다.

「순순히 말을 듣는 게 좋을 거야.」

그리말디에겐 낯설지 않은 음성이었다.

그는 천천히 고개를 돌려 방금 말한 사내의 얼굴을 확인했다. 보란이었다. 그리말디는 어깨를 으쓱하고는 할 수 없다는 듯 고개를 끄덕였다.

「자넨 역시 현명하군. 그럼 헬리콥터로 우릴 안내해 주실까?」

보란의 말에 그리말디는 또다시 고개를 끄덕이며 휘적휘적 앞장서 걸어갔다.

세 사람이 다 헬리콥터에 올라 자리를 잡고 안전벨트를 맬 때까지 보란은 일체 입을 열지 않았다. 포로인 그리말디로서는 그저 눈치만 볼 수밖에. 그러자니 자연 숨이 막힐 지경이었다.

「얼마나 더 살고 싶나, 그리말디?」

마침내 보란이 말을 걸어 왔다. 그리말디는 구세주라도 만난 양 황급히 대꾸했다.

「아이구! 어디든 모셔다 드릴 테니 제발 그런 말씀은 마십시오.」

보란의 얼굴에 미소가 번졌다.

「좋아. 이륙해!」

헬리콥터의 날개가 서서히 회전하기 시작했다.

「저…… 어디로 모실까요?」

암흑 속으로 기체가 2, 30피트쯤 떠올랐을 때 그리말디는 조심스럽게 보란에게 물었다.

「푸에르타 비스타!」

보란의 대답을 들으며 그리말디는 가만히 안도의 한숨을 내뱉었다. 푸에르타 비스타라면 쌕쌕이 토니 레버니가 지상 정찰대를 총집합시킨 바로 그곳이 아닌가! 그렇다면 이젠 그에게도 희망이 생긴 셈이다.

그리말디는 한결 여유 있는 태도로 보란에게 말했다.

「이러다간 저에게 고정 급료를 주셔야 될지도 모르겠습니다.」

「그럴지도 모르지.」

희미한 미소를 지어 보이며 보란이 대꾸했다. 그 미소에 힘을 얻은 듯 그리말디는 활기찬 목소리로 물었다.

「당신은 빵에다 화약을 발라서 드시기라도 합니까? 어떻게 그렇게…….」

「난 먹을 수 있는 것은 뭐든 그 자리에서 먹어치우는 주의야.」

보란은 그리말디의 과장된 감탄사에 그냥 덤덤하게 대꾸했다. 그리말디는 새삼스런 얼굴로 옆에 앉은 사내의 얼굴을 바라보았다.

맥 보란, 그가 어떤 인간인지 그리말디도 익히 알고 있었다. 그는 일단 가야겠다고 마음먹은 곳이면 그곳이 어디든, 무슨 일이 있든 기어이 가고야 마는 사람이었다.

그런 맥 보란이 지금 푸에르타 비스타로 가자고 요구하고 있는 것이다. 그곳은 잭 그리말디로서도 꼭 가고 싶은 곳이었다.

그리말디는 보란의 의중을 떠보려는 양 짐짓 곤란하다는 표정으로 말을 꺼냈다.

「그런데 연료가 얼마 남지 않아서……. 푸에르타 비스타까지 갈 수 있을지 걱정입니다.」

순간 보란은 싸늘한 음성으로 즉각적인 반응을 보여 왔다.

「무슨 수를 써서라도 그곳까지 가는 게 자네 몸에도 좋을 거야. 그리말디. 자네가 그것을 보장하지 못한다면 나도 자네 목숨을 보장할 수 없어.」

그것은 그리말디가 기대하던 대답이었다. 그는 어깨를 흠칫해 보이며 비장한 결심이라도 한 듯 크게 말했다.

「연료 탱크에 오줌을 갈겨 넣어서라도 꼭 그곳까지 모셔다 드리겠습니다.」

정말 그랬다. 그리말디는 오줌이 아니라 피를 쏟아 넣어서라도 푸에르타 비스타까지 갈 결심이었다.

지금 이 시간, 이 섬에 있는 총이란 총은 모두 푸에르타 비스타에 모여 있다. 그런 줄도 모르고 보란이 자진해서 그곳에 가겠다고 나섰으니 이보다 더 잘된 일이 어디 있으랴.

잭 그리말디는 속으로 무릎을 치며 꾸물꾸물 피어나는 웃음을 애써 삭였다.

이거야말로 잘하면 호박이 덩굴째 들어오는 격이 될지도 모른다. 더구나 돌대가리 주제에 악만 바락바락 써대던 찰리 드라고네마저 없어졌으니…… 돈과 권력에 대한 꿈을 부풀리며 그리말디는 다짐하듯 또 한 번 말했다.

「어김없이 모셔다 드리겠습니다.」

그때 알 라티고의 음성이 무전기에서 터져 나왔다.

「여기는 에어 투. 에어 원 나와라.」

그러자 그리말디의 시야 가득 끔찍스런 베레타의 새까만 모습이 들어오며 차가운 목소리가 귀를 후볐다.

「공연히 입을 함부로 놀리지 마라, 그리말디. 넌 지금 혼자서 돌아가고 있는 거다. 그리고 보란은 죽었다. 알아듣겠나?」

이어 목줄기를 파고드는 강철의 촉감!

그리말디는 등줄기를 타고 흐르는 전율을 느끼며 떨리는 손으로 무전기의 송신 버튼을 누르고 힘겹게 입을 뗐다.

「여기는 에어 원.」

「난 지금 해안으로 돌아가는 길이다. 지상에 있는 정찰대에게도 모두 그렇게 하도록 지시했다. 그쪽은 왜 아직 돌아가지 않았나?」

이쪽 사정도 모르고 떠들어 대는 라티고가 원망스러웠지만 어쩔 수 없는 일. 가만히 한숨을 내쉰 다음 그리말디는 침착하게 대꾸했다.

「사건이 있었다. 찰리 드라고네가 보란을 해치웠다. 하지만 이 보고도 자기 입으로 하지 못한 채 찰리는 보란의 손에 죽었다. 난 지금 혼자 돌아가는 중이다.」

「뭐라구! 그게 정말인가? 그래, 어디서 놈을 해치웠나?」

흥분된 음성이 지체없이 돌아왔다.

「산중턱에서. 아아, 난 지금 별로 말하고 싶은 기분이 아니다. 돌아가서 자세히 말해 주겠다.」

「좋다. 기대하겠다. 로저 아웃.」

무전기에서는 더 이상 아무 것도 들려 오지 않았다. 보란은 그리말디의 목에 들이댔던 베레타를 거두며 만족스럽게 말했다.

「잘했어. 고정 급료뿐만 아니라 보너스까지 듬뿍 집어 주어야겠군그래.」

무슨 일이 기다리고 있는지도 모르고 잘도 떠들어 대는구나! 생각 같아서는 그렇게 말하고 싶었지만 그리말디는 꾹 참고 보란의 말에 장단을 맞추는 척했다.

「만약 토니 레버니가 그 말을 들었다면 그땐 저에게 화성에 갈 여비까지 더 얹어 주셔야 할 겁니다.」

그러나 보란은 깊은 생각에 잠긴 듯 아무 대꾸도 하지 않았다.

11
프로 대 프로

그리말디가 머쓱해진 얼굴로 조종간으로 고개를 돌렸을 때 보란은 노천 광산에서 헬리콥터를 기다리는 동안 에비타와 나누었던 얘기들을 곱씹어 보고 있었다. 그때의 장면들이 영화 필름처럼 연속적으로 보란의 머릿속에 떠올랐다.

〈헬리콥터 잡는 시체들〉의 줄거리를 대충 얘기해준 후 보란은 에비타에게 미리 작별 인사를 했다.

「에비타, 사실 이곳에 올 때는 카리브해의 회전 목마를 산산이 때려부술 작정이었는데, 부끄러운 얘기지만 이쯤에서 일단 후퇴해야 될 것 같소. 여기선 놈들의 움직임에 순간순간 대응하는 게 고작이니 조금 더 있다간 아주 놈들의 작전에 말려들지도 모르기 때문이오. 그래서 내 방식대로 싸울 수 있는 기회가 올 때까지 기다리기로 마음먹었소.」

맥 보란으로서는 무척이나 하기 힘든 말이었다. 그는 잠시 침묵을 지키며 그녀의 반응을 기다렸다. 그러나 에비타는 가만가만 그의 볼을 어루만질 뿐이었다. 그는 다시 입을 열었다.

「다행히 일이 우리 계획대로 되어 헬리콥터라도 뺏을 수 있다면 그걸 타고 곧장 푸에르타 비스타로 갑시다. 거기서 함께 판을 만난 다음 당신은 당신 갈 길로 가요. 난 내 갈 길로 갈 테니까.」

보란이 어렵게 말을 끝내고 자신의 볼을 쓰다듬던 에비타의 손을 감싸쥐자 그녀는 그의 얼굴을 똑바로 바라보며 나지막히 말했다.

「잘 생각하셨어요.」

「하지만 체면이 말이 아니지. 병든 열매를 고스란히 나무에 매달아둔 채 그냥 떠나야 하다니 말이오.」

「하지만 병든 열매를 딸 기회는 이번이 아니라도, 또 이곳이 아니라도 얼마든지 있잖아요? 잘 결정하신 거예요.」

그녀는 눈을 빛내며 보란을 격려했다. 그는 어색한 미소를 입가에 떠올리며 지갑에서 하얀 종이 쪽지를 꺼내 그녀의 손에 쥐어 주었다.

「이곳에서 암약하고 있는 사람들의 명단이오. 카리브해의 조직 활동과 깊은 관계를 맺고 나소로부터 파나마까지를 마음대로 주물럭거리는 작자들이지.」

「제가 아는 사람도 몇 있군요. 그들은 글래스베이에도 자주 드나들었어요.」

「그걸 당신에게 줄 테니까 높은 사람한테 갖다 줘요. 당신네 수사에 큰 도움이 될 거요. 하지만 이번 일의 열기가 식을 때까지는 놈들의 얼굴을 구경하기 힘들지도 모르겠소. 휴가다 뭐다 적당한 구실로 잠적했을 가능성도 있으니까.」

명단에서 눈을 떼지 않은 채 그의 말에 귀를 기울이던 에비타
는 갑자기 중대한 발견이라도 한 듯 눈을 크게 떴다.

「어머나! 그 사람 이름이 빠졌잖아?」

「그 사람이라니?」

보란은 급히 되물었다.

「에드워드 스튜어트! 못 들어 보셨어요?」

「처음 듣는 이름인데? 하지만 만약 그 자가 틀림없는 마피아
고 또 거물이라면 명단에서 빠졌을 리가 없소. 다시 잘 봐요. 어
쩌면 에드아르드 스투아르트나 그와 비슷한 이름으로 나와 있을
지도 모르니까.」

보란의 말대로 다시 한 번 명단을 훑어보고 나서 에비타는 고
개를 가로저었다.

「역시 없어요. 그런 거물의 이름이 빠지다니……. 그는 카리브
일대에서는 신디케이트의 우두머리로 알려져 있어요. 휴가를 핑
계로 숨어 버릴 필요조차 없는 사람이라구요.」

「그렇게까지 거물이오?」

보란은 계속 그럴 리가 없다는 표정으로 시큰둥하게 되물었
다. 에비타는 답답하다는 듯 목소리를 높여 말했다.

「그렇다니까요. 아이티에서는 숨은 실력자로 정평이 나 있는
모양이에요. 특히 파파 도크가 죽은 뒤부터는…….」

「잠깐!」

갑자기 흥미를 느낀 보란은 그녀의 말을 일단 막고 제일 궁금
한 것부터 질문해 나가기 시작했다.

「그 자가 지금 아이티 정권에서 한 자리 하고 있다는 말이

오?」

「그렇지는 않아요. 그는 좀전에 말한 것처럼 배후의 실력자에요. 파파 도크 정권 때는 파리를 날리던 아이티 관광 사업이 최근 급속히 활기를 띠기 시작했는데, 보이지 않는 곳에서 그 새로운 물결에 어마어마한 돈을 쏟아 넣고 있는 자가 바로 에드워드 스튜어트라는 거예요.」

「푸에르토리코 당국은 어떤 면에서 그 자에게 관심을 갖고 있소?」

보란은 심각한 얼굴로 두 번째 질문을 했다.

「공식적으로는 아무 관심도 없는 척하고 있어요. 아이티는 자유 공화국인 데다가 우호적인 이웃 나라거든요. 그뿐이 아니에요. OAS(美州機構), 그리고 UN에도 가입되어 있어요. 그런데 이렇게 겉은 번드르르하지만 사실 그 나라 내부는 썩을 대로 썩은 거나 마찬가지예요. 부패한 관리와 돈 있는 자들이 서로 밀착되어 마치 중세 영주와 같은 권력을 누리고 있으니까요. 그러니 자연 옳지 못한 방법으로 돈을 번 자들이 몰려들 수밖에요. 일종의 성역이죠. 에드워드는 그 성역의 그늘에 숨어 카리브해의 여러 섬에서 온갖 부정한 사업을 다 벌이고 있는 거예요. 물론 우리나라에서도요. 이만하면 충분한 대답이 됐나요?」

보란은 고개를 끄덕이며 혼자 중얼거렸다.

「성역이라?」

「그래요, 성역! 또 다른 성역인 이스라엘로 피신해 버린 신디케이트의 대사업가에 대한 이야기는 당신도 들으셨죠?」

「들었지.」

「이런 얘기도 들으셨나요? 텔아비브와 포토프링스(아이티의

수도) 사이를 오고가는 전령들의 발바닥에 불이 날 지경이라는
얘기요.」

순간 보란은 눈썹을 치켜 올리며 물었다.

「공식적인 정부의 전령이? 그렇다면 이스라엘과 아이티가 뭔
가를 공모하고 있다는 말이오?」

에비타는 생긋 웃으며 차근차근 설명했다.

「물론 그런 건 아니에요. 정부 차원의 문제가 아니고 신디케이
트 차원의 문제니까요. 단지 우리가 걱정하는 건 지중해를 장악
하고 있는 조직과 카리브해를 주름잡고 있는 조직이 결탁하여
무슨 음모를 꾸미고 있는 게 아닌가 하는 점이에요. 우리가 에드
워드 스튜어트경을 주시하고 있는 진짜 이유는 바로 그 때문이
죠.」

「그럼 당신이 나에게 그 얘기를 하는 진짜 이유는 뭐요?」

이미 눈치 챘으면서도 보란은 짓궂게 질문을 던졌다. 그녀는
또 그녀대로 펄쩍 뛰며 굳이 부인을 했다.

「어머, 진짜 이유 같은 건 없어요. 게다가 당신은 곧 본국으로
돌아가실 거잖아요.」

「진심으로 하는 말이오?」

「그럼요. 전 단지 명단에 에드워드경의 이름이 빠져 있기에 말
씀 드린 것뿐이에요. 그는 당신이 준 명단에 있는 그 어떤 사람
보다 더 위험한 마피아거든요. 법도 그 사람 앞에서는 맥을 못
춘다구요.」

분명 그것은 보란의 말을 부정하는 말이었으나 보란의 귀에는
그렇게 들리지 않았다. 그는 한숨 섞인 음성으로 그녀의 목소리
를 흉내 내서 말했다.

「그를 없앨 방법은 한 가지밖에 없어요.」

후훗 웃음을 터뜨리며 그녀가 말을 받았다.

「맞아요. 그를 없앨 방법은 한 가지밖에 없어요.」

에비타의 검은 눈동자가 반짝 빛을 발했다.

보란은 톰슨의 안전 장치를 손가락으로 몇 번 두드리고 나서 진지하게 물었다.

「그 자가 수단 방법을 가리지 않고 못된 짓을 한다는 것은 사실이겠지?」

「틀림없는 사실이에요.」

「음, 가다가 잠시 아이티에 들러야겠군.」

물론 보란은 자신이 에비타의 올가미에 꼼짝없이 걸려들었다는 것을 모르는 바 아니었다. 그러나 과히 기분 나쁜 올가미는 아니라고 생각했다.

그는 짐짓 억울하다는 표정을 지으며 에비타에게 물었다.

「당신, 아까 고위층 간부들을 꽤 안다고 했는데 어느 정도 고위층이오?」

에비타는 조용히 웃기만 할 뿐이었다.

에비타 아길라라는 여자는 참으로 알 수 없는 여자였다. 이게 이 여자의 참모습인가 생각하노라면 얼마 안 있어 새로운 면모를 드러내고……. 지금도 그녀는 뭔가 감추고 있음에 틀림없었다.

보란은 빙 돌려서 질문을 던져 보았다.

「푸에르타 비스타의 비상망은 어떤 형태로 조직되어 있소?」

「솔직히 말씀 드리자면…… 그 비상망은 한 사람으로 되어 있어요. 그것도 여자 한 사람. 그녀의 이름은…… 에비타 아길라!」

너무나 깜찍한 대답에 보란은 어이없다는 표정이 되어 맥없이 물었다.

「대체 당신의 진짜 신분은 뭐요?」

그러자 에비타는 왠지 서글픈 듯한 미소를 지어 보이더니 갑자기 블라우스의 앞섶을 헤치고 아름답기 그지 없는 유방을 브래지어의 속박으로부터 해방시켰다. 그리고는 브래지어의 컵을 뒤집어 그 속에서 조그마한 비닐 카드 한 장을 꺼냈다.

그 카드에는 사진과 각인까지 고스란히 축소 복사한 신분증이 인쇄되어 있었다.

「정말 굉장한 전쟁놀이였군!」

카드를 다시 그녀에게 건네 주며 보란은 눈을 크게 뜨는 시늉을 해보였다. 그녀는 재빨리 옷매무새를 가다듬은 다음 진지하게 해명의 말을 쏟아 놓았다.

「네, 그랬어요. 하지만 당신에게 거짓말은 하지 않았어요. 사실을 좀 감추기는 했지만요. 그러니까 스트라이크 포스에서 사람들이 나왔다는 말은 사실이었다구요. 그 사람들의 목적은 딱 한 가지, 당신의 시체를 싸들고 본국으로 돌아가는 거죠. 그러기 위해서 저에게 할 수 있는 모든 방법을 동원해서 당신이 글래스 베이에서 숨을 거두도록 공작하라는 명령이 떨어졌구요. 그 작전이 실패했을 경우에는 당신에게 접근해서 샌 주안으로 유인하라는 명령도 있었어요. 그곳에 함정을 파놓고 기다리다가 제가 당신을 유인해 가면 덜컥 잡아채려는 작전이었죠. 그런데 막상 게임을 시작하고 보니 오히려 당신이 먼저 제게 접근해 오지 않겠어요? 그것도 너무나 극적인 순간에 말이에요.」

보란은 그만하면 알겠다는 듯이 고개를 끄덕이며 두 손을 번

쩍 들었다. 그러나 그녀는 이번에야말로 모든 걸 다 털어놓으려
고 결심한 듯 또다시 입을 열었다.

「저에겐 자유 재량권이 부여되어 있었어요. 다시 말해서 일이
뜻대로 잘 되지 않을 경우엔 당신을…… 죽여도…….」

그녀는 차마 말을 끝맺지 못하고 보란의 눈길을 외면했다. 보
란은 일부러 크게 웃으며 농담을 건넸다.

「침실에서의 당신 연기는 정말 대단하던데, 그것도 자유 재량
권에 속하는 거요?」

「솔직히 처음에는 다분히 연극하는 기분이었어요. 하지만 끝
까지 그랬던 건 아니에요. 그러기엔 당신은…… 너무나 매력적
인 분이었어요.」

그녀의 태도는 여전히 진지했다. 보란은 그녀의 턱을 들어 눈
을 지그시 들여다보았다. 그녀는 가히 여자 저격수라 할 만했다.
그는 천천히 입을 열었다.

「프로로서 프로에게 말하겠는데, 당신에겐 두 손, 두 발 다 들
었소. 이제 그 얘긴 그만 끝내기로 합시다. 더 이상 얘기해 보았
자 상처받은 패자의 자존심만 상할 테니까. 그건 그렇고 나보고
아이티에 있는 에드워든가 뭔가 하는 놈을 해치우라, 이거요?」

에비타는 대답 대신 고개를 끄덕였다. 보란은 재차 물었다.

「설마 푸에르토리코 정부의 공식적인 요청은 아닐 테지?」

「네, 그래요. 프로로서 프로에게 정식으로 제안하는 것뿐이에
요.」

「당신이 나에게 자유 재량권을 행사하지 않은 대가로?」

보란의 짓궂은 말에 그녀는 순간 당황하는 듯하더니 와락 그
의 품에 뛰어들었다.

「아이, 그렇게 말씀하심 싫어요. 전 단지…….」

「알고 있소, 에비타. 당신이 너무 심각한 것 같아 장난삼아 해본 말이오. 이제 조금 있으면 헬리콥터가 올 텐데 그전에 작별의 키스를 허용해 주지 않겠소?」

말을 끝내며 그는 그녀의 꽃잎 같은 입술에 입을 갖다 댔다. 입술과 입술이, 혀와 혀가 서로 부딪치고 엉키며 말로는 다 전할 수 없는 이해와 애정을 서로의 가슴 깊숙한 곳에 새겨 놓았다.

「다 와 갑니다.」

그리말디의 목소리에 보란은 퍼뜩 상념에서 깨어나 지상을 내려다보았다. 그의 말대로 푸에르타 비스타 마을의 불빛이 하나 둘 보이기 시작하고 있었다.

그때를 기다렸다는 듯 헬리콥터에 탄 후 한 번도 입을 열지 않았던 에비타가 불쑥 말을 꺼냈다.

「동쪽으로 해서 마을로 들어가요.」

그리말디는 순순히 기체의 방향을 동쪽으로 잡아 놓았다. 그녀는 말을 계속했다.

「마을 어귀에 해안 도로가 있는데 그 도로를 따라 북으로 조금 가다 보면 높다란 종루가 보일 거예요. 그 종루 뒤에 착륙시켜요.」

그리말디는 고개를 끄덕이면서 얼음처럼 싸늘한 얼굴을 한 사내의 눈치를 살폈다.

「그 아가씨 말대로 해!」

보란은 차갑게 말했다.

에비타가 말한 종루는 그리 어렵지 않게 찾을 수 있었다. 게다

가 달이 둥실 떠올라 있어 착륙등을 켜지 않고도 용이하게 헬리
콥터를 착륙시킬 수 있었다.

이제부터 자신의 운명이 어떻게 될 것인지 하는 생각에 자신
도 모르게 깊은 한숨을 내쉬며 그리말디는 엔진을 껐다.

헬리콥터 날개가 속도를 떨어뜨리면서 최후의 몸짓을 하고 있
는 동안, 보란은 권총으로 무전기를 때려부수고는 헬리콥터의
시동 장치마저 뽑아 버렸다.

자신의 분신이 파괴당하는 것을 지켜보는 그리말디의 마음은
결코 편할 수 없었다. 그는 어릴 때부터 하늘을 나는 것이면 무
엇이나 미치도록 좋아했었다. 그러기에 그는 그렇게 어려운 가
정 형편 속에서도 기어이 하늘을 나는 기술을 익혔던 것이었다.

하늘을 날 수만 있다면 어떠한 대가라도 치르리라! 이것은 그
의 인생 좌우명이었다. 그런 만큼 그는 어떤 기종이든 조종하지
못하는 것이 없었고 또 부품 하나하나에 남다른 애정을 쏟아 넣
기도 했었다.

그런데 지금 그토록 사랑하는 헬리콥터가 자신의 눈앞에서 유
린당하고 있는 것이다. 그리말디의 표정이 점점 일그러졌다. 어
쩌면 자신도 그 꼴이 될지 모른다는 불안 때문에 그의 고통은 더
욱 극심해졌다.

이제 남은 카드는 하나, 쌕쌕이 토니 레버니가 헬리콥터 소리
를 듣고 달려와 주는 것. 그러나 그럴 기미는 전혀 보이지 않았
다.

울상을 짓고 있는 그리말디를 밖으로 끌어내며 보란이 말했
다.

「동쪽을 향해 뛰어! 절대 뒤돌아보지 말고!」

그리말디는 보란을 상대로 이러쿵저러쿵 긴 얘기를 늘어놓을 생각은 조금도 없었다. 아니 오히려 그 자리에서 죽이지 않는 것만도 감지덕지할 판이었다.

보란의 말이 떨어짐과 동시에 그리말디는 다리야 날 살려라 하며 달려나갔다. 금방이라도 뒤통수에 총알이 날아와 박힐 것 같아 머리끝이 쭈뼛 서긴 했지만 결코 뒤를 돌아보진 않았다. 오직 생명을 두 다리에 걸고 죽자사자 뛰기만 했다.

맥 보란이 마피아를 살려 주었다는 이야기는 일찍이 들어본 적이 없었다. 그렇기 때문에 냉혹하기 짝이 없는 그 사내가 자신을 놓아 주었다는 사실이 그리말디는 그저 얼떨떨할 뿐이었다.

하지만 지금은 그런 걸 생각할 때가 아니었다. 목이 붙어 있다는 것에 대해 천지 신명께 감사하며 뛰는 일에만 전념해야 할 때였다. 그는 뛰고 또 뛰었다.

문득 맥 보란이란 친구, 어쩌면 소문처럼 그렇게 나쁜 사람은 아닐지도 모른다는 생각이 들어 자기도 모르게 보란이 푸에르타 비스타에서 무사히 빠져 나갔으면 하고 빌기까지 했다. 그러나 다리만은 결코 멈추지 않았다. 이제 그는 마을에서 완전히 벗어나 달빛 어린 해변을 달리고 있었다.

12
납 치

잭 그리말디가 정신없이 달려가는 모습을 잠시 지켜보다가 보란과 에비타는 서둘러 판과 약속된 장소로 갔다.

그들을 발견하자 판은 급히 다가오며 소리쳤다.

「시뇨르 보란!」

왠지 그는 온몸이 땀에 절은 채 가쁜 숨을 몰아 쉬고 있었다. 보란은 그의 양어깨를 힘껏 움켜쥐고 다급히 물었다.

「판, 왜 그래? 배를 못 구했나?」

「아닙니다. 배는 구했습니다만…….」

「그런데?」

「로자리타가 그만 놈들에게…….」

「뭐라구? 로자리타가? 죽일 놈들!」

보란의 입에서 신음이 새어 나왔다. 판은 고개를 푹 숙이고 쥐어짜낸 듯한 목소리로 두서없는 말을 늘어놓았다.

「상어밥으로 만들겠다고…… 제 아내를…… 당신과 바꾸지 않으면……. 아, 로자리타!」

보란으로서는 입이 열 개라도 할 말이 없었다. 그는 두 주먹을 불끈 쥐고 이를 악물었다.

「자, 판, 마음을 가라앉히고 무슨 일이 있었는지 차근차근 말해 봐요.」

에비타가 침착한 목소리로 판에게 말했다.

판은 그녀의 얼굴을 한동안 멀거니 바라보다가 꿀꺽 침을 삼키고 나서 고통스럽게 입을 뗐다.

「저 때문이었어요. 아무리 달래도 혼자서는 가지 않겠다고 하길래 제가 배를 구하는 동안 트럭에서 기다리게 했더니…… 그 사이에……. 아, 당신들 말대로 했으면 아무 일도 없었을 텐데! 다 제 잘못입니다.」

잔뜩 일그러진 얼굴 위로 자책의 눈물이 흘러내렸다. 보란은 계속 입을 꽉 다문 채 고개를 돌렸다.

또다시 에비타가 차분하게 물었다.

「로자리타를 끌고 가면서 놈들이 뭐라던가?」

「아무 일도 없었던 것처럼 시치밀 떼고 당신들을 배로 안내하라고…….」

얘기를 하다 말고 판은 갑자기 고개를 떨구더니 신음하듯 덧붙였다.

「당신들과 만나기로 했다는 건 밝히지 않으려고 했는데 그만……, 로자리타의 일이 너무나 걱정이 돼서…… 워낙 흉악한 놈들이라…….」

그렇다. 만약 판이 입을 열지 않았다면 그 흉악한 놈들은 대신 로자리타의 입을 열게 하기 위해 온갖 짓을 다 했을 것이다.

판의 젊은 아내는 놈들에겐 그야말로 웬 떡이냐 싶을 정도로 훌륭한 제물이었다.

「왜 이곳에 잠복해 있다가 직접 공격하지 않고 판과 만나게 했을까요?」

에비타가 보란에게 이상하다는 듯 물었다. 그냥 가볍게 어깨만 으쓱해 보이고 대답을 회피했으나 보란은 놈들의 속셈을 너무나 잘 알고 있었다.

그것은 맥 보란이라는 고기가 인간이라는 미끼에 약하다는 걸 알아차리고 꾸민 치밀한 전략이요, 만전을 기하기 위한 배려의 한 예였다.

단 하나, 그들에게 실수가 있었다면 판 에스카드릴로가 얼마나 열렬한 맥 보란의 추종자인지를 미처 간파하지 못했다는 점뿐이었다.

언뜻 생각하면 아무 것도 아닌 듯한 그 실수는 그러나 맥 보란의 가슴에서 복수의 칼이 되어 놈들의 심장에 박힐 순간을 기다리며 시퍼렇게 날을 세우고 있었다.

보란은 한점 의문의 빛도 없이 자신에게 모든 걸 맡기고 있는 판을 물끄러미 바라보며 물었다.

「어떻게 놈들이 자네와 나 사이의 일을 알았을까?」

「놈든 아마 이 섬 전체에 개를 풀어 놓았었나 봅니다. 그러니 우리 마을이라고…….」

보란은 고개를 끄덕였다.

「음, 그 점은 내가 미리 염두에 두었어야 했는데…… 내 잘못이 크군. 놈들에게 너무 시간 여유를 많이 주었어. 그래, 내 잘못이야. 그러니 판, 더 이상 자신을 괴롭히지 말게.」

「아, 아닙니다. 제가 모자란 탓에…….」

「지금은 잘잘못을 따질 때가 아니야. 로자리타를 구해 내야지. 놈들의 계획은 뭔가?」

「정확하게는 저도 모릅니다. 저보고는 그냥 아무 말 말고 당신을 선창으로 안내하라고만 했으니까요. 선창이란 데는 시장도 겸하고 있는데 유람선, 요트, 고갯배들이 수없이 정박해 있습니다. 제가 구한 배는 그곳의 맨 끝쪽에 매여 있습니다. 그리고 그 바로 옆에 놈들의 배가 있지요. 로자리타는 그 배로 끌려 들어갔습니다.」

그 말을 들으며 보란은 몬테카를로에서의 전투를 회상했다. 준비며 수배 상황 따위가 이번과 너무나 흡사했기 때문이었다. 그때도 역시 놈들의 지휘자는 쌕쌕이 토니 레버니였다. 그 늙은 살인 청부업자에게는 고집과도 같은 일관된 작전이 있음을 절감할 수 있었다. 판의 말은 계속되었다.

「그런데 놈들의 배는 속도가 아주 굉장합니다. 뭐랄까…… 크루저 같다고 할까…… 아무튼 그와 비슷한 일종의 스포츠 피싱 보트입니다.」

「그러니까 그 크루저에 로자리타가 갇혀 있다는 거지?」

「네. 제가 고분고분하게 말만 잘 들으면 로자리타에겐 손 끝 하나 대지 않겠다고 하면서 데려갔습니다. 하지만 만약 제가 ……」

판은 부르르 몸서리를 치고 나서 말을 이었다.

「하라는 대로 않거나 도망이라도 치는 날에는 제 집사람을 토막토막 내서 낚시밥을 만들겠다는 겁니다.」

「그렇게 하게 내버려 두지는 않을 테니 염려 말게, 판!」

보란은 단호하게 말했다. 판은 그 말을 믿어 의심치 않는다는 표정으로 대꾸했다.

「끌려가면서 로자리타는 저에게 이렇게 말했습니다. 아내 생각이나 자기 자신에 대한 생각은 버리고 오직 보배로운 것을 구하라구요.」

순간 뭉클한 감동이 가슴 벅차게 밀려들었다. 보란은 판의 손을 꽉 잡으며 다짐했다.

「로자리타의 말대로 난 지금 보배로운 것을 구하러 달려갈 생각이네.」

13
복수전

푸에르타 비스타는 어느 모로 보나 카리브해의 해안 가운데 그렇게 썩 훌륭한 곳은 못 되었다. 바위가 많은데다 후미도 좁고 수심도 별로 깊지 않았다.

게다가 관광객을 맞을 만한 변변한 시설 하나 없어 휴양차 왔다가도 다시 되돌아가야 할 형편이었다. 그곳에 제대로 시설이 갖추어진 게 있다면 오직 선창뿐이었다. 주민들의 태반이 고기잡이로 생계를 이어가느니만큼 그것은 당연한 일이었다.

선창을 둘러보며 토니 레버니는 매우 흡족한 기분이었다. 일반용 잔교가 시장에서 떨어져 있는 것도 마음에 들었고 그의 크루저 가까이 수백 피트 이내에는 배가 한 척도 없다는 것도 기분 좋았다. 물론 보란이란 놈이 탈출용으로 준비한 낡아빠진 배는 빼놓고 말이다.

놈이 그 배로 접근할 수 있는 길은 두 가지뿐이었다. 하나는 토니 레버니의 배 앞을 가로질러 가는 것이고 또 다른 하나는 선 창과 시장 사이에 우쑥 서 있는 큰 창고를 타넘어 가는 방법이었 다. 그러나 후자의 경우에 대해서는 이미 빈틈없이 손을 써놓았 으니 염려할 게 없었다.

그만하면 토니로서는 놈을 맞이할 완벽한 준비를 한 셈이었 다. 승리의 맛이 토니의 입 안 가득 짙게 번졌다.

그럴 리는 없겠지만 설사 놈이 크루저 앞을 지나 무사히 자기 배에 올랐다 해도 문제될 것은 없었다. 토니의 크루저와 보란의 낡아빠진 배가 게임을 벌인다면 그 결과가 어떨지는 불을 보듯 뻔한 일이었다.

「어디 이번에도 그렇게 겁없이 설쳐댈 수 있는지 두고 보자!」

토니는 이빨을 갈며 낮게 중얼거렸다. 사실 마음만 먹었다면 판인가 하는 젊은 놈 뒤에 숨어 있다가 보란을 낚아챌 수도 있었 을 것이다. 그러나 토니는 놈을 그렇게 쉽게 잡아 버리고 싶지는 않았다.

갈등과 고통을 주어 가면서 서서히 올가미를 졸라 쌕쌕이 토 니 레버니의 집념이 얼마나 무서운가를 뼈저리게 깨닫게 해주고 싶었다.

그는 음흉한 미소를 흘리며 준비 상황을 재점검했다. 작전 본 부인 크루저엔 6명의 저격수가 요소요소에 숨어 놈이 나타나기 만을 기다리고 있었다. 그들 중 둘은 대형 자동 화기로 무장을 시켰다. 또 창고의 지붕 위에도 둘을 배치했고 안에도 둘을 잠복 시켰다.

그 밖의 몇 명에겐 어부들 틈에 숨어 있도록 지시했다. 그들은 보란이 나타나면 즉시 출동해 퇴로를 차단하도록 되어 있었다.

그뿐이 아니었다. 만약의 경우에 대비하는 뜻에서 그는 보란의 배에까지 부하를 잠입시켜 놓았다.

그야말로 물샐틈없는 올가미였다. 토니는 이번만큼은 보란을 잡아 죽일 자신이 있었다.

몬테카를로 때와는 사정이 달랐다. 물론 그때도 뜻하지 않게 경찰놈들만 끼여 들지 않았으면 놈을 깨끗이 없앨 수 있었겠지만……. 그랬으면 이 진절머리 나는 싸움에 또다시 사람이 이렇게 곯지는 않았을 게 아닌가.

하지만 지난 일을 가지고 속을 끓일 건 없다. 이번엔 절대 그런 일이 없을 테니까. 온 마을을 다 뒤져 봐야 경찰이라곤 호텔 문지기 나부랭이에게나 어울릴 듯한 제복을 걸치고 우쭐거리는 멍청한 녀석 한 명뿐이라는 정보를 그는 이미 입수해 두었다.

만사 형통. 그렇다! 지금의 토니 레버니에겐 만사 형통이란 표현이 제격이었다.

일이 뒤틀릴 걱정은 조금도 없었다. 설사 그 젊은 놈이 돼지려고 환장해서 보란에게 모든 것을 털어놓았다 해도 계집을 미끼로 잡고 있는 이상 놈이 딴 데로 샐 염려는 없었다.

보란이란 놈은 계집의 일이라면 제가 무슨 원탁의 기사라도 되는 양 설쳐 대니까.

토니 레버니의 입장에서 볼 때 그것은 맥 보란의 최대의 약점이었다. 상대의 약점을 아는 이상 그것을 전투에 활용해야 한다는 것은 당연한 일이었다. 그 미끼가 임신한 여자라 해서 꺼릴 이유는 하나도 없었다.

만일 보란을 끌어들이기 위해 필요하다면 그는 임신중인 여자를 배의 돛대에 거꾸로 매다는 일도 마다하지 않을 위인이었다.

보란이 그 사실을 모르지 않는 이상 결코 그냥 빠져 나가지는 않을 것이라는 걸 토니는 확신하고 있었다.

그렇지만 토니에게도 꺼림칙한 구석은 있었다. 그토록 철저한 놈이 왜 젊은 애송이에게 일을 맡긴 것일까? 그 점만은 아무리 거듭 생각해 보아도 납득이 가질 않았다.

흐뭇한 미소를 지으며 상황을 체크하던 토니는 문득 거기에 생각이 미치자 시커먼 불안의 그림자가 가슴속에 꽉차 오르는 것 같았다.

왜 그랬을까? 혹 여기서 빠져 나갈 생각이 없으면서 이 쌕쌕이 토니에게 올가미를 씌우려고 쇼를 하는 것은 아닐까? 아니면 푸에르타 비스타에 마피아의 세력을 집결시켜 놓고 그 사이에 감쪽같이 빠져 나가려는 것은 아닐까?

온갖 불길한 생각이 그의 마음을 뒤흔들었다. 그는 세차게 머리를 가로저으며 크게 외쳤다.

「그럴 리가 없다!」

그러자 그 뒤에 서 있던 선장 조니 피노가 쫓아와 황급히 물었다.

「왜 그러십니까!」

「아무 일도 아니야!」

피노에겐 시선 한 번 주지 않은 채 그는 무뚝뚝하게 말했다. 어쩌면 그것은 그 자신에게 한 말인지도 몰랐다.

아무 일도 아니다. 신경 쓰지 말자. 사람이란 더러 엉뚱한 실수를 저지르는 법 아닌가. 더구나 밉살스러울 만큼 재간이 뛰어나다고는 하지만 보란이란 놈 역시 인간일 뿐이다. 신도 아니고 슈퍼맨도 아니란 말이다.

이렇게 생각하며 마음을 다잡으려고 애를 썼으나 마지막 한 가닥의 불안감까지 깨끗이 털어낼 수는 없었다.

토니는 눈을 휘둥그렇게 뜨고 자신을 뚫어져라 보고 있는 조니 피노에게 기분 전환 삼아 말을 건넸다.

「그렇게 볼 것 없어. 아무 일도 아니니까. 그건 그렇고, 찰리한테서는 아직 아무 소식도 없나?」

그제서야 피노는 안심했다는 얼굴이 되어 대답했다.

「아까부터 계속 그쪽을 호출하고 있습니다만, 응답이 없습니다. 아무래도 그쪽 무전기가 고장난 것 같습니다.」

「라티고와의 교신은?」

피노는 고개를 내저었다.

「그쪽하고도 벌써 두 시간째 교신을 못 하고 있습니다. 서쪽으로 간 다음에는 소식이 없습니다.」

그의 목소리는 처음보다 훨씬 작아져 있었다. 토니는 미간을 찌푸리며 다그치듯 물었다.

「아까 찰리보고 모두에게 푸에르타 비스타로 모이라고 전하라 하지 않았던가?」

「하지만 모두 뿔뿔이 흩어져 있으니까 다 모이자면 시간이 좀 걸리지 않겠습니까? 또 무전기가 그렇게 성능이 썩 좋지는 못한 것 같기도 하구요.」

피노는 이젠 아예 잘 들리지도 않을 정도로 작은 목소리로 속삭이듯 말했다. 토니는 얼굴을 더욱 일그러뜨리며 버럭 소릴 질렀다.

「왜 그렇게 기어 들어가는 소리를 내는 거야? 기분 나쁘게!」

피노는 깜짝 놀라는 시늉을 하더니 변명을 했다. 그러나 그의 목소리는 조금도 커지지 않은 채였다.

「글쎄 저도 모르게 그렇게 됩니다. 숨도 크게 못 쉬겠고 걸을 때도 살금살금 도둑고양이 걸음이 되니 무슨 조화인지 모르겠습니다.」

「그럼 그 도둑고양이 걸음에 알맞는 일거리를 하나 주지. 가서 우리의 귀여운 마돈나께서 어떻게 하고 있는지 보고 와. 조금 있으면 큰 활약을 하셔야 할 테니 미리 손을 봐드려야지.」

토니의 얼굴엔 비웃음이 가득했다.

「어떻게 손을 보면 됩니까?」

피노는 여전히 들릴락 말락한 소리로 말했으나 흥분과 기대를 감출 수 없는 듯 가볍게 몸을 떨었다.

「일단은 그냥 달래 놓고만 나와. 일이 잘 돼가는 것처럼 적당히 구슬리란 말이야. 자넨 평생 계집들 등이나 쳐먹고 살아왔잖아? 그러니까 오늘 그 기술을 좀 발휘하라 이거야.」

「하지만 전 스페인어를 모르는데요?」

「그럼 손짓 발짓으로라도 해. 단, 절대 이상한 데를 주물럭거리려고 해선 안 돼! 섣불리 그 계집의 비위를 건드려 놓으면 일이 고약해질지도 모르니까.」

그러나 피노는 입맛까지 다셔 가며 음탕한 미소를 흘렸다. 그 얼굴을 보며 토니는 또 한 번 다짐했다.

「알아듣겠지? 손끝 하나 대지 말라구! 그리고 솔직히 임신중인 계집이 무슨 매력이 있나?」

「그건 모르시고 하시는 말씀입니다. 맛은 그런 게 더 좋다구요.」

피노의 눈은 과거의 뜨거웠던 장면을 더듬는지 게슴츠레하게

풀려 있었다. 토니는 더 이상 아무 말도 하지 않았다. 입을 굳게
다물고 있는 그에게 의미 심장한 눈짓을 해보이며 피노는 소리
없이 캐빈으로 미끄러져 갔다.

피노가 돌아오길 기다리는 동안 토니는 시가를 피워 물었다.
올 테면 빨리 오너라. 멋있게 끝장을 내줄 테니!

그가 막 꽁초를 바닥에 던지려는 순간 피노가 나타나 낮은 소
리로 보고를 했다.

「계집은 끄떡 없습니다. 좀 얼어 있기는 합니다만, 걱정할 정
도는 아닙니다. 그리고 금세라도 구세주가 나타날 것으로 믿는
눈치였습니다.」

육지 쪽으로 시선을 휙 돌리며 토니는 이를 악물고 중얼거렸
다.

「계집이 기다리고 있다. 빨리 나타나라!」

피노는 치미는 웃음을 재빨리 목구멍 속으로 삼킨 다음 자기
자리로 돌아갔다.

빨리 나타나라! 빨리 나타나라! 주문을 외듯 그 말을 되풀이
해 중얼거리면서 토니는 주위를 한 바퀴 빙 돌았다. 모두들 제자
리에서 만반의 태세를 갖추고 있었다. 놈만 나타나면 게임은 시
작되는 것이다.

이 갈아 마셔도 시원찮은 놈은 왜 빨리 안 오는 거야! 토니는
신경질적으로 시계를 들여다보았다. 벌써 8시 30분에 접어들고
있었다.

돌연 글래스베이에서 놈을 기다릴 때도 이렇게 초조했었지 하
는 생각이 들면서 화염 지옥이 되었던 농장의 모습이 선명히 떠
올랐다. 순간 온몸이 오싹해 왔다.

그때였다. 잔교 쪽에서 웅성웅성 하는 소리가 들려 왔다. 토니는 날카로워질 대로 날카로워진 시선을 그쪽으로 돌렸다. 호텔 문지기 차림을 한 경찰이 분주히 돌아다니며 어부들을 분산시키고 있었다.

「무슨 일입니까?」

귀를 후비는 목소리에 토니는 화들짝 고개를 홱 돌렸다. 어느새 왔는지 조니 피노가 옆에 붙어 서 있었다. 토니는 눈치 채지 않게 한숨을 내쉰 후 자못 침착하게 말했다.

「이제부터 일이 벌어질 모양이다!」

그 동안에도 예의 시골뜨기 경찰관은 쉴 새 없이 스페인 말로 떠들어 대면서 배들을 따라 걸어 내려오고 있었다. 그가 이미 지나온 길목은 가게문을 닫는 사람, 배에서 뛰어내리는 사람들로 벌집을 쑤셔 놓은 듯했다.

피노가 한층 더 작아진 소리로 물었다.

「저 촌놈이 뭘 믿고 저러죠?」

「낸들 아나. 저놈이 좀더 다가오면 쫓아나가 자네가 직접 물어 보지그래.」

토니는 자기도 알 수 없다는 표정을 지으며 말했다. 그러나 경찰관은 발길을 돌려 시장 쪽으로 되돌아갔다. 보아 하니 그는 시장 주변에서 사람들을 몰아내려는 것 같았다.

바로 그때 잔교를 따라 주욱 늘어선 하역용 전등이 일제히 켜져 눈이 부실 정도로 주위를 환히 밝혔다.

예기치 않았던 사태에 토니는 끙 하며 앓는 소리를 내더니 쥐어짜듯 말했다.

「빨리 신호를 보내라. 곧 놈이 나타날 거다. 어쩌면 다른 놈들을 데리고 올지도 모르니 정신 바짝 차리도록!」

「그럼 놈이 경찰을 끌어들였다는 말씀입니까?」

피노의 얼굴엔 공포의 빛이 역력했다. 토니는 그의 등을 밀어 붙이며 작지만 단호한 목소리로 명령을 내렸다.

「잔소리 말고 빨리 시키는 대로나 해!」

피노는 내키지 않는 듯 잠시 망설였으나 곧 자기 자리로 달려가 커다란 회중 전등을 깜박여 신호를 보낸 다음 숨을 헐떡이며 다시 토니 곁으로 달려왔다.

「신호를 보냈습니다.」

토니는 알았다는 몸짓을 해보이고 나서 잔교 언저리까지만 들릴 정도의 작은 음성으로 말했다.

「모두들 내 명령이 떨어질 때까지 꼼짝 말고 제자리를 지켜라!」

그와 때를 같이해서 크루저 쪽으로 다가오고 있는 두 사내의 모습이 눈에 들어왔다. 한 명은 아직 이마에 피도 안 마른 듯한 새파란 풋내기였고 또 한 명은 주민들을 피신시키던 촌티 나는 경찰관이었다.

그들은 추호도 망설이는 기색이 없이 당당한 걸음으로 다가오고 있었다. 토니는 나직하게 지시를 내렸다.

「모두들 정신 똑바로 차리고 있어! 저놈들은 미끼일지도 모르니까 절대 섣불리 행동해서는 안 돼!」

풋내기와 시골 경찰관은 벌써 배 꽁무니에 걸쳐 놓은 건널판 위에까지 와 있었다.

잠시 태풍의 눈과도 같은 불길한 고요함이 선창가에 감돌았다. 토니 레버니는 바짝바짝 타들어 가는 입술에 침을 바르며 겁도 없이 불쑥 나타난 두 놈의 얼굴을 바라보았다.

마침내 풋내기가 입을 열었다.

「로자리타를 찾으러 왔습니다.」

생각지 못했던 일이라 다소 당황하기는 했지만 풋내기 따위에게 호락호락 넘어갈 수는 없었다. 토니는 카포의 자리를 바라보고 있는 노련한 보스답게 재빨리 마음을 가다듬고 능글맞은 미소까지 흘려가며 천연덕스럽게 대꾸했다.

「물론 찾아가야지. 그런데 어떤 형태로 찾아가길 원하나? 통으로 튀겨 줄까, 아니면 토막을 쳐줄까?」

그러자 풋내기 옆에 섰던 촌놈이 분연히 끼여 들었다.

「푸에르토리코 시민을 감금한다는 것은 법에 위배되는 일입니다. 그러니 만약 그 여자를 감금하고 있다면 즉시 풀어 주셔야 합니다.」

쌕쌕이 토니 레버니는 기가 막혀 말도 안 나올 지경이었다. 머리가 돌았거나 좀 모자라지 않고서야 맨손으로 찾아와 여자를 내놓으라고 떼를 쓸 수는 없는 노릇이었다. 그는 두 미친 놈을 놀려 주기로 작정하고 거만스럽게 말했다.

「그래? 그럼 혹시 나도 모르는 사이에 우리 애들이 장난질을 했을지도 모르니까 일단 배를 뒤져 보기로 하지. 계집이 발견되면 즉시 돌려보내겠네. 먹음직한 칠면조 요리를 만들어서 말이야.」

토니는 웃음을 터뜨렸다. 풋내기가 침착한 목소리로 입을 열었다.

「시뇨르 토니라는 사람에게 전할 말이 있습니다.」

순간 토니는 웃음을 뚝 그치고 소리치듯 말했다.

「내가 바로 쌕쌕이 토니다! 전할 말이란 뭐냐!」

「시뇨르 보란께서 당신의 도전에 응하겠답니다. 지금 당장, 바로 이 자리에서 당신과 결판을 내겠다고 합니다.」

그것이야말로 토니가 이제껏 마음 졸이며 기다리던 일이 아닌가. 그는 급히 되물었다.

「그렇다면 왜 놈이 직접 나타나지 않는 거야?」

「시뇨르 보란은 로자리타의 신변에 위험이 남아 있는 한은 절대 싸움을 시작하지 않겠다고 했습니다. 그러니까 시뇨르 보란과 담판을 내시려면 먼저 로자리타를 풀어 놓으셔야 할 겁니다.」

토니는 재빨리 주변을 둘러보며 악에 받쳐 외쳤다.

「개수작하지 말라! 그 따위 짓거리에 내가 넘어갈 줄 알아?」

「시뇨르 보란은 또 말했습니다. 설사 자기가 항복한다고 해도 당신은 결코 로자리타를 풀어 주지 않을 뿐만 아니라 우릴 몰살시키고 말 거라구요. 그래서 보란은 로자리타를 뺏을 생각은 없답니다. 그냥 가만히 숨어서 지켜보다가 당신이 로자리타를 풀어 주면 그때를 맞추어서 당신에게 꼭 알맞는 벼락과 번개를 선사할 계획이랍니다. 시뇨르 보란은 이번 싸움을 가리켜 멕시코식 눈싸움이라고 했습니다.」

그때까지 침을 꼴깍꼴깍 삼키며 구경만 하고 있던 피노가 불쑥 한마디 했다.

「터진 게 입이라고 잘도 지껄이네.」

그러나 그 소리는 통나무처럼 꿋꿋하게 버티고 있는 시골 경찰관과 아래턱을 쑥 내밀고 금방이라도 덤빌 듯한 자세로 서 있는 풋내기의 귀에 들어가기에는 너무나 작았다. 풋내기의 입에서 다시 말이 터져 나왔다.

「저길 보십시오. 사람들을 다 피신시켰지 않습니까? 그건 시뇨르 보란이 싸울 준비를 끝냈다는 뜻입니다. 시뇨르 보란은 당신이 여자의 치맛자락에서 기어나오면 그때부터 당신도 싸울 준비를 끝낸 것으로 간주하겠다고 했습니다.」

「약은 오르시겠지만 참으셔야 합니다, 보스.」

피노가 마음을 가누지 못해 얼굴이 시뻘겋게 달아오른 토니를 보고 다급히 속삭였다. 그러나 그렇게 말한 보람도 없이 토니의 울화통은 기어이 폭발하고야 말았다.

「야! 너의 시뇨른가 시궁창인가 하는 놈한테 가서 똥물이나 처먹으라고 전해라. 그리고 우리가 저 조그맣게 생긴 애밴 계집년을 어떻게 데리고 노는지 똑똑히 보라고 해라! 피가 뚝뚝 흐르도록 실컷 쑤셔준 다음 상어밥을 만들어 버릴 테니!」

그래도 성이 안 풀리는 듯 토니는 계속 씩씩거렸다. 풋내기도 지지 않고 소리쳤다.

「만약 당신이 그렇게 나온다면 시뇨르 보란은 여기 나타나지 않을 거라고 했습니다. 그 대신 다음에 자신의 방식대로, 자신이 원하는 순간에 어김없이 복수를 하겠다고 했습니다. 자, 이제 전할 말은 다 했습니다. 어떻게 하시겠습니까?」

실로 분통이 터질 노릇이었으나 풋내기의 말을 무시해 버리기엔 토니는 보란을 너무나 잘 알고 있었다. 그는 얼굴을 잔뜩 구기고 피노에게 낮게 말했다.

「그놈 말대로다. 이건 멕시코식 눈싸움이다.」

「그건 그렇습니다만 만약 계집을 풀어 주면 이쪽은 인질이 없으니 작전상의 고지를 뺏기는 셈이 되지 않겠습니까?」

「천만에! 그 계집은 이제 인질로서의 가치가 없다. 아무 쓸모

없는 빈 껍데기란 말이야. 실수다. 놈이 자기가 쏜 총의 유탄(流
彈)에 계집이 맞을지도 모른다 싶을 때는 얼씬도 하지 않으리라
는 점을 미리 염두에 두었어야 했는데…….」

벌겋게 달아오른 얼굴로 이를 가는 토니에게 피노가 조심스레
물었다.

「어떻게 그렇게 놈에 대해 잘 아십니까?」

「잘 아는 정도가 아니지. 아마 책 한 권은 거뜬히 쓸 수 있을
거다. 아무튼 애초부터 놈이 제발로 터덜터덜 걸어와 항복하리
라고는 생각지 않았으니까…….」

「그렇다면 방법은 이제 하나밖에 없는 셈이군요.」

재빨리 피노가 그의 말을 거들었다. 토니는 주먹으로 손바닥
을 소리나게 치며 결론을 내렸다.

「내 생각도 그렇다. 그 계집을 풀어 줘라. 1 대 1로 싸우겠다!」

「만약 놈이 계집만 채가고 안 나타나면 어떡합니까?」

피노의 질문에 토니는 눈을 번뜩이며 뭔가 생각하는 듯하더니
곧 고개를 설레설레 흔들었다.

「그렇지는 않을 거다. 놈은 허풍떨기를 좋아하니까 틀림없이
올 거다.」

피노는 한숨을 내쉬었다.

「보스가 그렇게 생각하신다면 꼭 그렇게 될 겁니다. 그런데 혹
시 놈이 혼자 나타나지 않고 지원 부대라도 몰고 오면 어떻게 합
니까? 전 저 멍청해 보이는 경찰관을 볼 때마다 어쩐지 그런 불
길한 예감이 듭니다. 보십시오. 총 한 자루 갖고 있지 않은 주제
에 떡 버티고 서 있는 저 꼴을요. 뭔가 믿는 게 있다는 듯한 태도
아닙니까?」

「군소리 집어치우고 어서 가서 계집이나 끌고 나와!」

그렇지 않아도 불안한 마음에 부채질을 해대니 기분이 좋을 리 없는 토니는 잔뜩 볼멘 소리를 했다. 그리고는 스스로 다짐했던 바를 풋내기에게 크게 말함으로써 자꾸 가라앉으려는 용기를 끌어올렸다.

「너의 시뇨르라는 놈은 형편없는 허풍쟁이이다. 그놈한테 가서 이렇게 전해. 그 알량한 번갯지 천둥인지 하는 것을 너무 함부로 휘두르지 말라고 말야. 그랬다간 당장 붙잡아 그놈 밑구멍 속에다 처박을 테니까!」

그때 피노가 로자리타를 데리고 나타나 건널판 쪽으로 힘껏 떼밀었다. 그녀는 건널판 너머에 서 있는 풋내기 젊은이를 발견하자 구르듯 달려가 그의 품에 안겼다.

그와 동시에 시장 쪽에서 웬 아가씨가 뛰어나왔다. 맨발에다 구질구질한 블라우스하며 옷차림은 초라했으나 그럼에도 눈이 번쩍 뜨일 만큼 아름다운 용모였다.

그녀를 본 순간 토니 레버니는 언뜻 어디선가 본 듯한 얼굴이라고 느꼈으나 그 이상은 생각나지 않았다.

두 여자는 서로 꼭 부둥켜안은 채 눈물을 펑펑 쏟았다. 가만히 내버려 두면 언제까지고 그렇게 서서 울고 있을 것 같았다.

그 꼴이 보기 싫어 토니는 고개를 조금 돌렸다. 그러자 잔교 가장자리에 서서 눈물의 재회 장면을 보고 있는 경찰관이 눈에 띄었다. 순간 걷잡을 수 없이 부아가 치밀었다.

이 모든 것은 저 어리숙한 경찰관의 공로로 돌아갈 테지. 그러면 필시 이곳 주민들로부터 영웅 대접을 받게 되리라. 맨손으로 악당들에게 대항해서 로자리타를 구출해낸 위대한 경찰관 누구

누구!

쓸데없이 상상력을 발동해 속을 끓이고 있던 토니의 머릿속에 돌연 기가 막힌 아이디어가 섬광처럼 떠올랐다. 그는 급히 리볼버를 꺼내 풋내기의 심장을 겨누며 소리쳤다.

「이봐! 계집을 풀어 주었지만 대신 네놈을 붙잡아 둬야겠다!」

「뭐라구요?」

「젊은 놈이 벌써 귀가 처먹었나? 네놈을 붙잡아 두겠다고 말했어. 자, 잔말 말고 빨리 저 고물딱지 같은 배에 타!」

젊은이가 선뜻 움직이지 않자 토니는 겁을 줄 양으로 리볼버를 휘두르며 다시 악을 썼다.

「뭘 꾸물거려! 빨리 저쪽 배에 타라는 말이 안 들려?」

할 수 없이 젊은이는 그 배 쪽으로 걸음을 떼었다. 그가 서너 발자국 가량 옮겼을 때였다. 로자리타가 절규에 가까운 소리로 크게 외쳤다.

「판, 안 돼요! 가지 말아요!」

그러나 그녀와 함께 있던 여자는 보다 사리 판단에 능숙한 듯 몸부림 치는 로자리타에게 끊임없이 뭔가를 소곤대면서 잔교 저쪽으로 데리고 갔다.

젊은이는 두 여자가 시야에서 완전히 사라질 때까지 그 자리에 우뚝 서 있다가 크루저로 고개를 돌리며 단호하게 말했다.

「기꺼이 배에 오르겠습니다.」

토니 레버니는 순간 그 시건방진 애송이를 쏘아 죽이고 싶은 충동에 몸을 떨었지만 꾹 참고 그가 배에 타는 것을 확인하고 나서 소리쳤다.

「이제 나와라, 보란! 네놈이 말하는 번갯불이며 천둥이 얼마나 대단한 건지 구경이나 해보자!」

그러나 보란은 나타나지 않았다. 대신 눈꼴 사나운 경찰관만 눈에 들어올 뿐이었다. 그는 조금 전에 풋내기가 올라탄 낡아 빠진 배가 매여 있는 잔교 끝쪽으로 다가가고 있었다.

그쪽이 아니다, 이 얼간아. 반대편으로 피하는 게 훨씬 안전하다. 보란이란 놈은 사정없이 총알을 퍼부어 대며 덤빌 텐데, 하필 죽음이 웅크리고 있는 곳으로 다가가다니. 어리석은 놈!

온갖 비웃음이 고개를 들었으나 그 따위 시골 경찰관에게 충고를 해줄 마음은 전혀 없었다. 토니는 짐짓 가슴을 활짝 펴고 데굴데굴 소리가 나도록 눈알을 굴렸다.

어서 나와라, 보란! 어디 네놈의 그 잘난 솜씨 좀 구경해 보자. 자동차로 곧장 덤벼들 테냐? 그것도 재미있겠지. 창고 지붕에서 뛰어 내려올 테냐? 아니면 몬테카를로에서처럼 이번에도 이배 저배로 뛰어다닐 테냐? 아무 것이나 다 좋다. 마음대로 까불어 봐라. 하지만 이번에는 이 쌕쌕이 토니와 1 대 1 로 대결하는 것이라는 사실을 잊지 말아라.

맥 보란, 넌 이 쌕쌕이 토니의 운명 그 자체다. 지금 이 순간, 이 토니의 모든 것은 네놈에게 달려 있다. 카포의 자리도, 엄청난 현상금도 모두가 다 네놈 손에 달려 있다, 이말이다. 어서 덤벼라!

토니는 또다시 게거품을 품으며 악을 썼다.

「빨리 안 나타나고 뭘 꾸물대는 거야? 겁이 나서 쥐구멍에라도 숨었어!」

그는 거칠게 숨을 몰아 쉬며 불안에 가득 찬 눈동자로 부두를 훑어보았다. 잔교 끝에서 담배에 불을 붙이고 서 있는 경찰관이 시야에 들어왔다.

하필이면 이럴 때 저게 무슨 짓거리란 말인가! 혹시 무슨 신호를 보내고 있는 건 아닐까?

쌕쌕이 토니의 가슴 가득 의혹의 물결이 출렁이는 가운데 경찰관은 재빨리 담뱃갑을 안주머니에 챙겨 넣었다. 그 동작은 실로 번개와도 같았다.

아니, 저 촌놈이 어떻게 저렇게 민첩하게 손을 움직일 수 있는 거지? 토니는 입을 딱 벌리고 경찰관의 얼굴을 자세히 보기 위해 뱃전에 바짝 몸을 기대었다.

그러나 신(神)은 쌕쌕이 토니 레버니에게 경찰관의 얼굴을 확인해볼 시간적 여유를 주지 않았다. 대신 그는 크루저를 향해 날아오는 길쭉한 물건을 볼 수 있었을 뿐이었다.

그 가공스러운 물체는 끊임없이 명멸하는 작은 불꽃의 꼬리를 단 채 포물선을 그리며 날아왔다. 토니에게는 무한히 길게 느껴졌던, 그러나 사실은 극히 짧았던 그 순간 그는 그것이 무엇인지 분명히 깨달을 수 있었다. 그것은 뇌관을 꽂아 넣은 다이나마이트였다.

다음 순간 토니는 자기의 소원대로 천둥과 번개를 신물이 나도록 구경할 수 있었다. 경악에 찬 그의 눈동자가 마지막으로 잡은 영상은 그 어리숙한 시골 경찰관이 잔교 위를 쏜살같이 달려가는 모습이었다. 그런데 놀랍게도 그의 손에는 큼지막한 권총이 쥐어 있는 게 아닌가! 아니, 단지 쥐어 있는 것만이 아니었다. 그 흉칙한 물건은 창고의 지붕 위를 향해 필살의 번갯불을 뿜어 내고 있었다.

그제서야 쌕쌕이 토니는 모든 걸 깨달았다. 보란이란 놈은 아까부터 자신의 눈앞에 서 있었던 것이다.

무시무시한 소리를 질러 대며 불꽃이 널름거리는 그 커다란 입을 한껏 벌린 채 크루저를 향해 다가오는 파괴의 신에게 몸을 내맡긴 토니의 마음속에서는 태어나서 처음으로 인간에 대한 존경심이 피어오르고 있었다.

14
파라다이스

　다이나마이트는 크루저의 한복판에 떨어져 순식간에 갑판을 산산조각 내 버렸다. 배를 맸던 밧줄은 떨어져 나갔고 빠른 속도를 자랑하던 크루저의 날렵한 몸뚱이는 무참히도 그 균형을 잃은 채 서서히 항구 밖으로 밀려 나가 표류하기 시작했다.

　보란은 눈에 띄는 대로 토니의 졸개들을 몇 놈 해치운 뒤 즉시 판의 배로 뛰어올랐다. 그 배는 비록 낡아빠졌을 망정 글래스베이의 크루저보다 훨씬 단단했다. 폭발 때의 충격에도 끄떡없었고 곧 이어 밀어닥친 여파(餘波)까지도 바다의 여왕과 같이 우아한 자태로 여유 있게 흘려 보내고 있었다.

　보란을 도와 밧줄을 풀며 판이 말했다.

　「엔진은 돌아가고 있습니다. 배에 오르자마자 선장에게 말해서 출발 준비를 해두었으니까요.」

　판이 한 일은 그뿐이 아니었다. 배의 후미 쪽에 틀림없이 쌕쌕

이 토니의 졸개로 보이는 한 사내가 겁에 질린 듯한 표정으로 두
눈을 부릅뜬 채 권총을 쥐고 죽어 나자빠져 있었다. 놈의 가슴팍
에는 커다란 나이프가 거의 날이 묻혀 버릴 정도로 깊숙이 꽂혀
있었다.

보란은 놈의 손에서 권총을 빼들었다. 보란이 즐겨 사용하는
것과 같은 베레타 브리게디아였다. 그는 놈의 허리에서 보조 탄
창을 마저 꺼낸 뒤 한낱 고깃덩이에 지나지 않게 된 놈의 몸뚱이
를 바다 속으로 던져 버렸다.

잔교 쪽에서는 요행히 살아 남은 놈들이 이리 뛰고 저리 뛰며
아우성 치고 있었지만 누구 하나 선뜻 용기를 내서 크루저 쪽으
로 가까이 가려는 놈은 없었다.

그때 자전거 핸들 모양으로 콧수염을 기른 한 사내가 캐빈에
서 얼굴을 쑥 내밀더니 스페인 말로 판에게 뭐라고 소리쳤다. 판
은 곧 그에게 다가가 서로 얘기를 나누었다.

스페인 말을 모르는 보란은 묵묵히 그 모습을 지켜볼 수밖에
없었다. 연신 고개를 끄덕이며 말을 주고받던 판은 잠시 후 보란
에게 몸을 돌리고 소리쳤다.

「배가 움직이기 시작한답니다! 전속력으로 여기를 빠져 나가
라고 일렀습니다.」

보란은 손가락으로 O.K 표시를 해보이며 역시 큰 소리로 말했
다.

「저 난파선을 끌고 갈 수 있는지 물어 보게. 그대로 놔두면 항
구 전체가 불바다가 돼버리고 말 테니까.」

판은 고개를 끄덕이고는 다시 선장 쪽으로 몸을 돌렸다.

보란은 배의 후미에 남아 놈들의 반격에 대비했다. 그러나 놈

들에겐 이미 그럴 만한 여력이 없는 듯했다. 그 점에 대해 확신이 설 때까지 조금 더 그곳에 서 있다가 그는 승무원과 함께 불길에 싸인 배의 잔해에 밧줄을 걸어 항구 밖으로 끌어내는 작업에 착수했다.

그로부터 약 20분 후, 보란과 판이 탄 배는 거추장스러운 혹을 바다 한가운데 떼어 버리고 서쪽으로 방향을 잡았다.

보란은 판에게 지시했다.

「선장에게 가서 해안이 보이는 거리를 유지하면서 항해하라고 전하게. 또 만약 다른 배가 접근해 오거나 이 배의 진로를 막는 듯하거나 하면 즉시 나에게 알려 달라고 하게.」

판은 즉시 가서 보란의 말을 전하고 다시 돌아왔다. 그들은 함께 메인 캐빈으로 들어갔다. 그곳엔 침대, 식탁, 주방 용구 따위가 어수선하게 널려 있었다.

그들이 방을 둘러보며 식탁 앞에 가서 앉자 조타수가 미소 띤 얼굴로 다가와서는 따끈한 커피와 럼주를 절반씩 섞은 음료수를 권했다.

「드십시오. 기분이 달라지실 겁니다.」

「고맙소.」

보란은 가볍게 고갯짓을 하고 나서 한 모금 마신 다음 에비타가 빌려 왔던 경찰관 제복을 벗었다.

원래대로 그가 새까만 전투복 차림으로 돌아오자 조타수는 감격한 얼굴로 판에게 속삭였다.

「굉장하군! 정말 멋있어!」

영원히 뇌리에 새겨 두려는 듯 그는 한참이나 넋을 놓고 보란을 바라보더니 감탄사를 연발하며 갑판으로 나갔다.

잠시 침묵이 흘렀다. 판은 말없이 앉아 지도를 들여다보고 있
는 보란의 얼굴과 컵을 몇 번이나 번갈아보고 또 보다가 큰 결심
이나 한 것처럼 힘겹게 입을 열었다.

「전 오늘…… 사람을 죽였습니다.」

그리고는 흡사 신부에게 자기 죄를 고백하는 죄인인 양 고개
를 떨구었다. 보란은 착 가라앉은 목소리로 천천히 말했다.

「알고 있네. 하지만 인간에겐 자신의 보물을 지킬 권리가 있다
네. 아니, 권리라기보다 의무라고 하는 게 옳을지도 모르겠군.」

그 말에 위로를 받았는지 판은 고개를 들고 보란을 똑바로 바
라보았다.

「로자리타는 무사할까요?」

「물론이지, 판. 그건 걱정 말게. 안전한 곳에서 철저하게 보호
받고 있을 걸세.」

이제 판의 얼굴엔 죄의식 대신 희미한 미소가 떠올라 있었다.

「우리가 처음 놈들에게 붙잡혔을 때 로자리타는 틀림없이 당
신이 오실 거라고 말했습니다. 그런데 무슨 생각을 했는지 곧 당
신이 오시지 않게 해달라고 비는 것이었습니다…….」

더 듣지 않아도 판이 무슨 얘길 하고 싶어하는 것인지 알 수
있었다. 보란은 그의 어깨를 다독거리며 말했다.

「그래, 지금 기분은 어떤가?」

「최곱니다. 당신을 만난 후로 솔직히 당신을 쭉 부럽게 생각해
왔는데…… 이제야 비로소 사내다워진 것 같습니다.」

그러나 보란은 언짢은 표정을 지었다.

「날 부러워하진 말게, 판. 자네는 뭣 하나 부족함이 없는 생활
을 하고 있지 않은가? 자기 땅, 귀여운 아내, 앞으로 태어날 아

기……. 그런데도 나 같은 사람을 부러워해서야 되겠나?」

「제가 너무 경솔한 말을 했나 봅니다, 시뇨르. 기분 상하셨습니까?」

판은 순진하게 얼굴을 붉히며 머리를 긁적였다.

「천만에! 나야말로 자네가 부러워서 해본 말이네. 그건 그렇고…….」

보란은 지도 위의 한 점을 손가락으로 짚은 다음 이어 말했다.

「선장에게 가서 밤 12시 정각에 나를 이 지점에 내려 달라고 말해 주게.」

말이 떨어지자마자 판은 의자에서 몸을 일으켜 문으로 향했다. 그가 막 문을 닫고 나가려는 순간 보란은 갑자기 그의 이름을 불렀다.

「판!」

문 틈으로 판의 얼굴이 다시 나타났다.

「판, 난 자네를 퍽 자랑스럽게 생각하고 있네.」

판은 환하게 웃어 보였다.

「좀 쉬십시오, 시뇨르.」

「고맙네. 사실 말이지, 난 지금 정신이 아득해질 지경이야. 마지막으로 눈을 붙였던 게 언제였는지 생각이 안 날 정도니까.」

판은 동정의 눈길로 잠시 보란을 바라보다가 조용히 문을 닫았다.

그래, 지금은 쉬어야 할 시간이다. 놈들을 때려잡는 일은 잠시 뒤로 미루자. 어차피 끝없이 계속될 전투가 아닌가!

보란은 서서히 깊은 잠의 세계로 빠져들었다.

잭 그리말디는 훔쳐 탄 자동차를 글래스베이의 사무실 뒤꼍에 조용히 세웠다.

비행기 폭탄을 맞아 화염 지옥이 되었던 본관 쪽은 사람의 기척이라곤 없이 황량하기까지 했으나 두 채의 방갈로에는 휘황하게 불이 켜져 있었을 뿐 아니라 왁자지껄한 소리가 넘쳐 나오고 있었다.

잔치판이 벌어진 모양이라고 생각하며 그리말디가 차에서 내리자 사내들의 꽥꽥대는 소리며 계집들의 요사스러운 음성이 볼륨을 최대로 높인 록 음악과 뒤엉켜 그의 귀청을 때렸다.

그때 방갈로의 이층 방문이 왈칵 열리더니 발가벗은 한 여자가 자지러지게 웃으면서 쪼르르 달려 내려왔다. 팬티 하나만 걸친 우람한 사내가 그녀의 뒤를 바짝 따라붙었다. 그들은 그리말디의 시선은 아랑곳하지 않고 낄낄대며 해변을 향해 달려갔다.

보란의 죽음을 축하하는 파티로군. 그리말디는 그렇게 생각했다. 그러나 그 파티에 참가하고픈 마음은 없었다. 그곳에 온 목적은 딴 데 있었기 때문이었다.

그는 일부러 방갈로를 피해 카포트 뒤쪽에 있는 풀숲으로 갔다. 달빛을 받으며 날개를 쉬고 있는 헬리콥터의 모습이 보였다. 하늘을 나는 물체는 뭐든지 미치도록 좋아하는 그는 뛸듯이 기뻐하며 잰 걸음으로 다가가 마치 연인의 몸을 어루만지듯 몇 번이고 쓰다듬었다. 그리고 조심스레 그 품속으로 파고 들어가 연료 상태를 체크해 보았다. 생각대로 연료는 바닥이 나 있었다.

그리말디는 소리없이 카포트와 헬리콥터 사이를 왔다갔다 하며 연료 탱크에 기름을 채웠다.

탱크가 가득 차자 마지막으로 만일에 대비해서 5갤런들이 기

름통을 하나 헬리콥터에 실었다. 그 동안에도 파티는 조금도 그
열기를 누그러뜨리지 않은 채 쾌락의 극을 향해 치달렸다.

실컷 먹고 마시고 놀아라! 하지만 이 잭 그리말디는 더 이상
네놈들과 어울리지 않으련다.

그는 헬리콥터에 몸을 실으며 새삼스럽게 글래스베이 리조트
를 휘둘러보았다. 그러다가 문득 무슨 생각이 들었는지 다시 땅
으로 내려서서 방갈로 쪽으로 걸음을 옮겼다.

잠시 후 방갈로 안에 들어선 그는 반나체로 서로 엉켜 입술을
빨아 대고 있는 한 쌍의 남녀를 밀치고 마개도 안 딴 술병들이
쭉 늘어서 있는 테이블로 뚜벅뚜벅 다가가 버번 한 병을 집어 들
었다. 그때 낯선 계집이 젖가슴을 털렁대며 다가와 혀 꼬부라진
소리로 중얼거렸다.

「제발…… 부탁해요…… 한번만 해줘요!」

「나야말로 부탁해!」

무표정한 얼굴로 대꾸하고 그는 다시 밖으로 나왔다.

휘영청 밝은 달이 환락에 젖은 글래스베이 구석구석을 비춰
주고 있었다. 파라다이스! 그렇다. 틀림없는 파라다이스였다. 그
토록 지독한 하루를 지낸 지금이 아니었다면 그리말디도 옷을
홀홀 벗어 던지고 축제를 즐겼을 것이었다.

그는 가까운 길을 두고 먼 길로 돌아 해변으로 나갔다. 바히아
드 비드리아(거울 같은 바다!) 문득 언젠가 들었던 그 해변의 이
름이 떠올라 그는 쓸쓰레한 미소를 지으며 버번의 마개를 돌렸
다.

「이 잭 그리말디의 인생 거울은 이미 깨진 지 오래야!」

그는 병째로 술을 들이키고 나서 소매로 입을 닦았다. 어디선

가 밤바다를 가르는 뱃소리가 들려 왔다.

문득 다른 사람들은 어떻게 살아가고 있을까 하는 생각이 들었다. 어떤 식으로 세속적인 생활에 자신들을 순응시켜 나갈까? 희망과 절망, 꿈과 현실, 도전과 패배 사이의 그 끝도 없는 골짜기를 어떻게 메우며 살아갈까?

그러나 기억되는 최초의 순간부터 실패로 일관된 삶을 살아온 그로서는 쉽게 그 해답을 찾을 수 없었다. 다만 자신의 인생이 실패작이었다는 것만을 뼈저리게 느낄 뿐이었다. 그것은 어쩌면 하루에 두 번씩이나 죽었다가 살아난 사람으로서는 당연한 깨달음인지도 몰랐다.

그때 깊은 생각에 잠겨 있는 그의 등 뒤로 시커먼 그림자가 살금살금 다가왔다. 이어 심장을 얼어붙게 하리만큼 차가운 사내의 음성이 그의 귀에 꽂혔다.

「파티 재미는 어떤가, 그리말디?」

그리말디는 흠칫 놀라 홱 돌아섰다. 맙소사! 그곳엔 오늘 들어 이미 두 번씩이나 만났던 죽음의 사자가 서 있었다. 그는 한숨을 내쉬며 말했다.

「이번엔 어디로 모셔 드릴까요?」

죽음의 사자는 배를 잡고 킬킬거렸다.

「이젠 이력이 난 모양이군. 비행기는 있나?」

「있구말구요!」

버번을 내밀며 그리말디가 제법 호기롭게 덧붙였다.

「헬리콥터가 한 대. 연료는 가득! 언제든지 날 수 있습니다.」

「그거 잘됐군. 그러잖아도 헬리콥터와 파일럿을 구하려던 참이었는데.」

「그럼 당신을 위한 저 파티를 깨부술 생각은 없으신 겁니까?」

그리말디는 과장된 몸짓으로 방갈로 쪽을 가리켰다.

「날 위한 파티라고?」

「꼭 그렇다는 건 아니지만 참석자들이 그렇게 생각하고 있으니까요. 저도 그렇게 생각했었구요. 쌕쌕이 토니는 어떻게 됐습니까, 보란 씨?」

보란은 그리말디의 팔을 잡고 걸음을 옮기며 대답했다.

「물귀신이 되었지.」

그리말디는 몸서리를 쳤다.

「그랬군요. 저도 선창에서 치솟는 불길은 보았습니다. 당신에게 풀려난 뒤 저 해변까지 정신없이 달려갔죠. 그쯤 가니까 총알이 날아올까 싶어 섬뜩섬뜩하던 뒤통수가 덜 섬뜩거리더군요. 그래, 근처에 있는 바위 위에 올라 이 생각 저 생각 하며 앉아 있었습니다. 그러자 얼마 안 있어 쾅 하면서 불기둥이 솟아오르지 않겠습니까? 드디어 전투가 시작됐구나, 맥 보란도 이제 끝장이다. 전 그 순간 그렇게 생각했습니다. 하지만 쌕쌕이 토니가 살아 생전에 들었다면 잡아먹을 듯 대들었을 소리지만 〈잘해라, 보란!〉 이런 마음도 한편에서 들더군요. 제가 생각해도 참 이상한 일이었습니다.」

입으로는 계속 지껄여 대면서도 그리말디는 내심 자기가 왜 이런 말까지 하고 있는지 알 수가 없었다. 분명 그는 이번에까지 보란이 자기를 살려 주리라고는 생각지 않았다. 또 살려 달라고 애원하고 싶은 마음도 없었다. 그런데 왜……?

어느새 그들은 헬리콥터 앞에 와 있었다. 보란은 주의 깊게 사방을 둘러보고 나서 그리말디에게 말했다.

「묻고 싶은 게 있는데, 자넨 왜 무기를 안 가지고 다니나?」

「전 그런 흉칙한 물건이 싫습니다. 그래서 절대로 품에 지니지 않습니다. 보란 씨, 저에게 죄가 있다면 말입니다. 저 어릿광대 같은 놈들을 이곳에서 저곳으로 날라다 주고 그 대가로 월 1000 달러씩 받는 죄밖에는 없습니다. 영혼을 팔아먹은 인간이라구요? 말하기 좋아하는 사람들은 그렇게 말할지도 모르지요. 하지만 그들도 저와 같은 입장에 놓였다면 영혼 아니라 영혼 할아버지까지 팔아먹었을지도 모릅니다.」

「자네와 같은 입장?」

보란은 호기심 어린 얼굴로 되물었다.

「뭐랄까요, 직업 군인들이 제대 후 겪는 쓰라림 같은 거라고 할까요?」

과거를 회상하듯 그리말디의 눈동자는 별이 총총한 밤하늘을 더듬었다. 보란의 호기심은 점점 더 커졌다.

「자네…… 월남전 귀환병인가?」

「그렇습니다. 월남에서 전 그야말로 빛나는 존재였습니다. 못 다루는 기종이 없었으니까요. 훈장도 무수히 탔습니다. 그런 제가 귀국 후에 얻은, 그것도 간신히 얻은 일자리가 뭐였는지 아십니까?」

「짐작할 수 있겠네.」

보란은 고개를 끄덕였다.

「지금 제가 하고 있는 이 짓거리는 제 자존심이 뭉개질 대로 뭉개졌을 때 사촌형이 물어다준 것입니다. 그때 저는 다짐했습니다. 자존심이 밥을 먹여 주는 것은 아니라구요. 그 후 전 하늘을 나는 일과 풍요로운 식탁만을 생각하며 살았습니다. 하지만 때로는…….」

「때로는?」

보란이 다분히 동정적인 얼굴로 그의 다음 말을 재촉하자 그리말디는 황급히 화제를 바꾸었다.

「아, 아닙니다. 그보다 저를 또 납치해서 이번엔 어디로 가시려는 겁니까?」

그때 술취한 한 사내가 콧노래를 흥얼거리며 그들로부터 얼마 떨어지지 않은 곳까지 비틀비틀 다가오더니 아무 데나 대고 오줌을 갈기고는 다시 휘적휘적 돌아갔다.

보란은 그가 시야에서 완전히 사라질 때까지 기다렸다가 주머니에 손을 넣어 지폐 한 다발을 꺼냈다. 그리고는 그리말디가 보는 앞에서 한 장 한 장 세었다. 그는 1000달러짜리 열두 장을 모두 그리말디 손에 쥐어 주며 말했다.

「사실 난 자네에게 부탁할 게 있어 왔다네. 납치하려고 온 게 아니고 말이야. 어떤가, 하루치 급료로 그 정도 주면 되겠나?」

이럴 수가! 그리말디는 믿을 수 없다는 듯 눈을 휘둥그레 뜨고 중얼거렸다.

「왜 이러십니까? 권총만 들이대면 될 일을 가지고?」

보란은 고개를 가로저었다.

「이번 일은 머리에 총부리를 대놓고 강요할 성질의 것이 아닐세. 좀 특수한 일이 돼놔서…….」

「특수한 일이라구요?」

그리말디는 여전히 놀란 표정을 떠올린 채 기계적으로 다시 물었다.

「그렇다네. 그러니 날 좀 도와 주지 않겠나? 나에겐 자네의 그

솜씨와 배짱이 필요하다네.」

말투마저 사뭇 달라져 버린 보란의 제안을 들으며 그리말디는 차츰 현실 감각을 되찾았다.

「저도 총을 써야 합니까?」

「자네가 원하지 않는다면 굳이 그럴 필요는 없네.」

「누군가를 없애는 일입니까?」

보란은 아무런 대꾸도 하지 않고 대신 고개를 갸웃하며 눈썹을 올렸다 내렸다. 그리말디는 조심스레 물었다.

「거물입니까?」

「깜짝 놀랄 정도로 거물이지.」

「제가 거절한다면 어떻게 하시겠습니까?」

「그땐 자넬 본토로 데리고 갈 생각이네. 거기서 헤어지는 거지. 물론 이번 일은 당분간 보류해야겠지.」

그리말디는 생각에 잠긴 듯 잠시 침묵을 지키다가 지폐 다발을 정확히 반으로 나누어 한쪽은 자기 주머니에 넣고 남은 한쪽은 보란에게 돌려 주었다.

「절반만 받겠습니다. 그럼 이제 계약은 끝난 겁니다.」

15
2인조 특공대

보란과 그리말디가 일종의 계약을 맺고 있던 바로 그 시각, 그들이 있는 곳으로부터 수마일 떨어진 바다 위에서는 다 낡아빠진 배 한 척이 천천히 원을 그리며 돌고 있었다.

그 배의 조타실에서는 판 에스카드릴로가 잔뜩 긴장된 얼굴로 무전기를 뚫어지게 노려보고 있었고 갑판에서는 자전거 핸들 모양으로 콧수염을 기른 사내가 무엇인가를 애타게 기다리는 듯 달이 환한 하늘을 올려다보고 있었다.

조타수는 벌써 다섯 잔째 커피잔을 비웠고 기관사는 3분 간격으로 기관실에서 나와 조타실에 귀를 기울였다가 다시 들어가곤 했다.

기다리는 그 시간이 너무나 초조하게 느껴져서 판은 자꾸만 시계를 들여다보았다. 벌써 12시 30분에 접어들고 있었다. 그러니까 보란이 배에서 내린 지 30분이나 된 것이다. 그런데 왜 아직 소식이 없을까? 그는 불길한 생각을 억누르며 또다시 무전기에 시선을 못박았다.

그러자 얼마 안 있어 무전기가 드륵드륵 소리를 내기 시작하더니 이내 귀에 익은 음성을 쏟아 놓았다.

「오케이, 판. 난 지금 목적지를 향해 날아가고 있네. 여기 숫자는 25, 12, 12, 14야. 반복하겠네. 25, 12, 12, 14. 그럼 내내 잘 있게. 그 동안 정말 고마웠네. 그리고 자네의 보물에게도 꼭 내 안부 전해 주게.」

「그렇게 하겠습니다.」

「아디오스 아미고!」

「행운을 빌겠습니다. 언제든지 다시 찾아 주십시오.」

「나도 그러고는 싶지만…… 하하. 아무튼 그때는 집 앞 나무에 노란 리본이나 매달아 두게.」

「그러지요.」

보란과의 교신은 그것으로 끝이었다. 판은 가슴을 찌르는 뜨거운 아픔에 눈시울을 적시며 급히 무전기 주파수를 항만 쪽으로 바꾸었다.

「여기는 살바도레호. 푸에르타 비스타 해무청장 나오시오.」

「말하라, 살바도레호.」

「마틸다에게 보고할 게 있습니다.」

그러자 기다렸다는 듯이 곧 에비타 아길라의 목소리가 흘러나왔다.

「여기는 마틸다. 살바도레호 보고하라.」

판은 마음을 가다듬고 차근차근 말해 나갔다.

「만사 오케이. 숫자는 25, 12, 12, 14. 지금부터 입항하겠다.」

푸에르타 비스타의 잔교에 있는 오두막에서 판의 보고를 받은 에비타는 곧 샌 주안으로 전화를 걸었다.

「모든 게 잘 됐어요. 즉시 글래스베이로 출동하시는 게 어떨까요?」

「알겠습니다.」

상대방은 선선히 대답하고 나서 전화를 끊으려고 했다. 에비타는 급히 말했다.

「글랜 로버트슨과 통화할 수 있을까요?」

「물론입니다. 기다리십시오.」

잠시 후 수화기에서 굵직한 사내의 목소리가 들려 왔다.

「글랜 로버트슨이오.」

그때까지 스페인어로 통화하던 에비타는 곧 능숙한 영어로 바꾸어 대꾸했다.

「저, 마틸다예요.」

「알고 있소. 그리고 그 작자가 깨끗이 사라져 버렸다는 것도 ……..」

에비타는 아무 말도 하지 않았다. 상대방은 잠시 침묵을 지킨 뒤 무겁게 입을 열었다.

「이젠 당신이 그 동안 그렇게 애를 써서 수집한 정보도 다 필요없게 되었군.」

「정보는 그가 도착하던 바로 그 순간부터 필요 없게 되었어요. 하지만 걱정할 건 없지 않겠어요? 이번 일을 거울삼아 당신의 그 뛰어난 머리가 즉각 새로운 작진을 구상해낼 테니까요. 아, 당신의 표적이 되느니 차라리 도살장의 돼지가 되는 게 나을 거예요!」

상대방은 길게 한숨을 내쉬었다. 그리고는 담배를 피워 무는 듯 라이터 켜는 소리가 들려 왔다.

「너무 심한 말인 것 같군. 좋아서 이번 일에 뛰어든 사람은 하나도 없다는 걸 당신도 잘 알고 있지 않소?」

「어쨌든 이 정도로 끝냈으면 좋겠어요. 마틸다 작전인지 뭔지 하는 것 말이에요.」

상대방은 또 한숨을 쉬었다.

「그런데 당신은 왜 그를 싸고 도는 거요? 그도 결국은 악당 아니겠소? 은행 강도나 살인 청부업자 따위와 다를 바 없는…….」

그 말에 에비타는 발끈했다.

「그렇지 않아요, 절대로! 오히려 그는 악당과 맞서 싸우는 정의파예요. 방법이 거칠기는 하지만요.」

「오호? 정의파라구? 그래서 그를 풀어 놓았소?」

「전 그를 일부러 풀어 놓진 않았어요. 굳이 뒤쫓아가지도 않았지만……. 가만히 두어도 오래 견디지는 못할 테니까요.」

상대방은 갑자기 입을 다물더니 잠시 후에 엉뚱한 질문을 했다.

「이번에 그는 몇 명이나 죽였소?」

「시체를 다 세자면 며칠은 걸릴 거예요. 찾아내지 못하는 시체도 수두룩할 테구요.」

에비타가 단순하게 사실대로 대꾸하자 상대방은 기다렸다는 듯 돌연 언성을 높여 공격을 해왔다.

「바로 그게 문제요. 그가 지나간 자리엔 반드시 그런 선물들이 남는다는 것! 조금 전에 당신은 그가 오래 견디지 못할 거라고 했는데, 그 동안에 그는 어떤 살인 청부업자가 평생 죽이는 것보다 더 많이 죽일 거요. 또 그러다가 곱게 죽어 버리면 그나마 다 행이겠지만 만약 미쳐 버리기라도 한다면 그땐 정말 큰 문제요. 경찰이건 어린아이건 방해가 된다 싶은 사람은 모조리 잡아 죽이려고 날뛸 테니까. 어떻소, 그때 가서도 그가 정의파라고 우길 수 있겠소?」

「그 따위 어리석은 말은 하지도 말아요!」

에비타는 분을 삭이지 못해 씩씩대다가 곧 반격을 개시했다.

「전 지금까지 그렇게 친절하고 인간적인 사람은 만나본 적이 없다구요. 잘 알지도 못하면서 함부로 얘기하지 말아요, 폴리시아 에스투피드(스페인말로 빌빌거리는 경찰 나부랭이라는 뜻)!」

그러자 비웃음이 가득 담긴 굵직한 음성이 곧 되돌아왔다.

「마틸다, 그렇다고 상대가 알아듣지 못할 말로 욕지거리를 할 것까지는 없지 않겠소? 그러고 보니 그 작자, 살인만이 전문은 아닌 모양이군. 그 자가 당신에게 어떻게 했는지 얘기해 주지 않겠소? 난 여자 다루는 법을 잘 몰라서 말이오.」

에비타는 기가 막혀 아예 대꾸조차 하지 않았다. 그러나 상대방은 끈끈하게 말꼬리를 늘였다.

「듣지 않아도 알 만하오. 당신처럼 자존심 강한 여자의 마음을 단 몇 시간 만에 그처럼 사로잡았으니 그 자의 솜씨가 어느 정돈지……」

에비타가 계속 아무런 반응도 보이지 않자 상대방은 그녀의 기가 한풀 꺾인 것으로 생각했는지 더욱 능청을 떨었다.

「그건 그렇고 워싱턴에 보고를 해야 할 텐데…… 힌트라도 좀 주지 않겠소? 그 친절하고 인간적인 작자가 어느 쪽으로 갔는지에 대해 말이오. 그거라도 알아야 보고하는 내 체면도 서고 또 새로운 계획도 세우고 할 것 아니겠소?」

어떻게든 전화를 빨리 끊을 생각에 간신히 성질을 누르고 있던 에비타는 순간 자기도 모르게 소리를 치고 말았다.

「새로운 계획 따위는 필요 없어요!」

그러자 상대방은 찌가 움직이는 것을 발견한 낚시꾼인 양 날쌔게 그녀의 말꼬리를 낚아챘다.

「지금 뭐라고 했소?」

사실 노련한 연방 수사원을 상대하기엔 에비타는 아직 너무 단순했다. 그녀는 자기 의지와는 달리 상대방의 페이스에 말려들었다는 분노와 그로 인해 또다시 고개를 쳐든 보란에 대한 그리움, 자책 따위를 못 이겨 울음을 터뜨렸다. 하지만 상대방은 끝까지 포기하지 않았다.

「마틸다, 뭐라고 말했냐고 묻지 않았소?」

마침내 그녀의 감정은 폭발하고 말았다. 그녀는 뜨거운 눈물을 줄줄 흘리며 전화기에 대고 미친 듯이 소리를 질렀다.

「새로운 계획은 필요 없다고 했어요! 왜냐구요? 제가 죽음의 길로 그를 보냈으니까요! 그는 곧 죽을 거라구요! 왜, 박수라도 치지 그러세요? 노래라도 부르지 그래요?」

상대방은 더 이상 대꾸하지 않았다. 그녀는 전화기를 힘껏 내던지고는 그 자리에 엎드려 후회의 눈물을 한없이 쏟아 냈다.

문득 어쩌면 보란이 죽음의 길로 가지 않고 돌아와 자기의 등 뒤에 빙그레 웃으며 서 있을지도 모른다는 생각이 들어 고개를 획 돌려 보았으나 초라한 가구들만이 시야를 가득 메울 뿐이었다.

「아아, 보란! 제가 잘못했어요. 그곳에 가면 안 돼요! 안 돼

……!」

그녀는 머리를 쥐어뜯으며 몸부림쳤다. 그녀의 두 눈에선 새로운 눈물이 솟아 나오고 있었다.

보란과 그리말디가 탄 헬리콥터는 마침내 푸에르토리코와 에스파뇰라 사이에 있는 작은 섬에 도착했다.

착륙 즉시 그들 두 사람으로 된 특공대는 치밀한 작전을 짜기 시작했다. 먼저 보란은 지형도와 무선 항행도를 펼쳐 놓고 그리말디에게 말했다.

「이 지도를 보면서 잘 생각해 보게. 3개월 전에 다녀갔다면 기억이 날 걸세.」

「노력해 보겠습니다.」

진지한 얼굴로 대답하고 나서 그리말디는 보란이 내민 지도를 손가락으로 짚어 가며 아이티 국경 경비대의 배치 상황에 대한 기억의 실마리를 더듬었다. 이윽고 그가 입을 열었다.

「생각나는 대로 말씀 드리겠습니다. 우선 여기, C8에 표시를 해두십시오. 연안 경비대 기지가 있는 곳이니까요. 그곳엔 레이더를 비롯해서 여러 가지 최신 장비가 갖추어져 있습니다. 그리고…… 여기! 그러니까 B3, 이곳엔 제트 전투기 기지가 있습니다. 또…….」

「됐네. 그만하면 자네 기억력도 쓸 만한 것 같으니 내가 작전을 수행하는 동안 수고스럽겠지만 그 기지들 사이로 무사히 빠져 나갈 수 있는 길을 연구해 주게. 군인은 퇴로가 확보되어 있어야 안심하고 싸울 수 있는 법이거든.」

그리말디는 알겠다는 표시로 고개를 끄덕였다.

보란은 만족스런 미소로 그에 답한 후 곧 다음 과제로 화제를 바꾸었다.

「만약의 경우에 대비해서 우릴 도와줄 사람들은 없겠나? 산을 근거지로 해서 활동한다는 반란군은 어떤가?」

「그들에겐 크게 기대하지 마십시오. 들리는 말에 의하면 그들은 대부분 공산주의자가 되어 체 게바라나 카스트로 같은 사람들을 숭배한답니다. 그래도 뭐, 파파 도크를 숭배하는 것보다는 낫겠지만요. 아무튼 미국 사람이라면 진저리를 친답니다.」

그리말디의 대답에 보란은 눈썹을 약간 치켜 올리며 이상하다는 듯 중얼거렸다.

「그 늙은 독재자는 죽은 것으로 알았는데……?」

「맞습니다. 그는 죽었습니다. 그런데 그의 뒤를 이은 도크 2세가 또다시 독재 정치를 하고 있으니 문제이지요. 보란 씨, 비밀 경찰이 우글거리는 이 나라에서 아차 실수하면 어떻게 되는지 아십니까? 잘해야 총살이고 재수 없으면 햇빛도 안 드는 토굴 속에 영영 갇히고 마는 겁니다. 어쩌다 재수가 아주 좋아서 재판을 받는다 해도 10년 이상 징역형이 떨어질 게 분명합니다.」

「음, 아주 살기 좋은 나라군그래.」

보란은 남의 일처럼 가볍게 대꾸했다. 그리말디는 자신의 이야기에 도취된 듯 상기된 얼굴로 말을 이어 나갔다.

「이 나라의 독재 정치는 세상 사람들의 상상을 초월할 정도로 무자비합니다. 미국 사람들은 흔히 블랙 팬서(흑표범당)를 흉악한 무리들이라 하는데 막상 그들이 아이티의 비밀 경찰이 하는 짓을 알면 그야말로 기겁을 할 겁니다. 아이티 놈들에게 비한다면 마피아 따위는 순한 양이지요.」

「에드워드경이라는 작자도 마피아인가?」

문득 생각났다는 듯 보란이 불쑥 질문을 하자 그리말디는 눈을 껌벅이며 고개를 가로저었다.

「전 그런 사람은 모릅니다.」

「한 번도 만나 보지 않았나?」

「네.」

그리말디는 계속 눈을 껌벅이고 있었다.

「그럼 그 에드워드경이라는 작자의 집에는 가본 일이 있나?」

「딱 한 번. 석달 전입니다.」

「누굴 태우고 갔었나?」

「머니 월터스와 그의 법률 고문이었습니다.」

보란은 잠시 뭔가를 생각하는 듯하더니 가라앉은 목소리로 말했다.

「머니 더 맥 말인가?」

「네, 바로 그 사람이었습니다.」

「디트로이트가 이곳과 무슨 관계가 있을까?」

「제 생각엔 금전 문제가 서로 얽혀 있는 것 같았습니다.」

「돈보따리가 왔다갔다 하는 모양이군.」

눈을 껌벅이던 그리말디는 순간 눈을 둥그렇게 뜨면서 침을 삼켰다.

「그것도 아주 엄청나게 커다란 돈보따리입니다. 그 돈으로 터놓고 할 수 없는 사업의 자금을 대주는 겁니다. 더러는 3할 장사가 되는 일도 있다니 얼마나 많이 남는 장사인지 알 수가 있죠.」

「아이티 정부에서는 그걸 묵인해 주고 있나?」

보란의 질문에 그리말디는 흥분의 빛을 감추지 못했다.

「묵인이오? 나원 참! 보란 씨, 당신은 아직도 이 나라 사정을
제대로 파악하지 못한 모양이군요. 제 얘기 좀 들어 보십시오.
우리나라에서만 해도 흑인들이 백인의 흑인에 대한 잔인 무도한
압박이니 뭐니해서 떠들어 대고 있지 않습니까? 아, 물론 그래
서는 안 된다는 얘기를 하자는 건 아닙니다. 그들에게도 권리라
는 것이 있으니까요. 사람은 누구든지 자기가 원하는 대로 살아
갈 권리가 있다는 것쯤은 저도 압니다. 단지 제가 얘기하고 싶은
건 그렇게 자유와 평등을 사랑한다고 말하는 흑인들이 세운 나
라도 별수 없더라는 겁니다. 이 아이티가 그 대표적인 예입니다.
이 나라의 압제, 불결, 빈곤 같은 것은 20세기의 미국에 사는 흑
인들로서는 한 번도 맛보지 못했을 지독한 것입니다. 게다가 이
모든 것들이 다 같이 피를 나눈 동포의 손에 의해 자행되고 있으
니, 이 얼마나 기막힌 노릇입니까? 조금 전에 정부에서 묵인해
주느냐고 물으셨는데 말이 좋아 정부고 국가 공무원이지 실상은
허가받은 도둑놈이고 살인업자들이라고 하면 이해가 되시겠습
니까?」

보란은 어두운 얼굴로 고개를 끄덕였다.

「음, 알 만하군.」

「그놈들은 어떻게 하면 국민들의 피를 한 방울이라도 더 빨아
먹을 수 있을까 하는 생각밖에는 하지 않는 드라큐라 같은 놈들
입니다.」

「그 에드워드경인가 하는 작자도 흑인인가?」

보란이 또 엉뚱한 질문을 하자 그리말디는 왠지 당황하는 기
색이 역력했다.

「글쎄 모른다지 않습니까?」

「그도 아이티 사람인가?」

「글쎄요. 그렇지는 않은 것⋯⋯.」

그리말디는 내키지 않는 투로 어물어물 말끝을 흐렸다. 그러나 보란은 잠시의 틈도 주지 않고 또다른 질문을 던졌다.

「그럼 그 자가 누구 부하인 줄은 아나?」

그리말디의 이마에 땀방울이 맺히기 시작했다. 그는 그 땀을 닦으려는 생각도 않은 채 고개를 떨구더니 한참 후에야 머리를 들며 말했다.

「좋습니다. 제가 아는 건 죄다 털어놓겠습니다. 당신 앞에서 뭔가 숨기려는 게 어리석은 생각이었습니다. 사실 자가용 비행기의 파일럿이라는 직업은 보디가드와 다를 바 없습니다. 그 동안 전 많은 것을 주워 들었지만 언제나 못 들은 체하며 지내야 했습니다. 오랫동안 귀머거리 노릇을 해왔던 터라 저도 모르게⋯⋯. 이해하시겠지요?」

보란은 대답 대신 고개를 끄덕였다. 그러자 그리말디는 안심했다는 듯 한숨을 내쉬고는 다시 입을 열었다.

「그 에드워드경이라는 사람은 누구의 명령에 따라 움직이는 그런 사람이 아닙니다. 그는 한마디로 국제적인 거물입니다.」

「국제적이라? 그럼 이 아이티말고도 그의 힘이 미치는 곳이 또 있다는 말이군?」

「있다마다요. 아니 미치지 않는 곳이 거의 없다는 게 더 정확할지도 모르겠군요.」

「지중해까지도?」

순간 그리말디의 안색이 싹 달라졌다.

「아니, 어떻게 그것까지⋯⋯?」

「얘기해 보게, 그리말디. 나로서는 많이 알면 알수록 일하기가 훨씬 수월하다는 걸 자네도 알지 않나?」

그리말디는 할 수 없다는 듯 어깨를 으쓱했다.

「저도 자세한 내용은 잘 모릅니다.」

「괜찮아. 아는 데까지만이라도 말해 보게.」

「우리들 사이에서는 그냥 〈섬〉으로만 통했기 때문에 어딘지는 저도 모릅니다만, 아무튼 지중해상에 있는 어떤 섬에서 코미쇼네의 국제 회의가 열린다는 것이었습니다. 거기서 뭔가 새로운 국제 조직을 만들 작정이라는데 그 규모는 코사 노스트라보다도 더 크다고 합니다. 일종의 카르텔을 만드는 셈이지요. 조직 범죄의 세계적인 독점 경영을 위한 카르텔을…….」

「텔아비브에 있는 놈도 거기 한몫 끼었나?」

「정말 귀가 엄청나게 크시군요!」

그리말디는 경의에 찬 얼굴로 보란을 새삼스럽게 뜯어보았다.

「그 정도야 보통이지.」

가볍게 대꾸하고 나서 보란은 눈으로 그리말디에게 대답을 재촉했다.

「그 자는 자진해서 이스라엘 정부 당국에 보호를 요청했답니다. 은퇴하겠다는 조건을 내걸고 말입니다. 이스라엘은 전세계 유태인들의 성역이니 그럴 만도 합니다. 듣자 하니 이스라엘 정부 당국의 입장에서는 별로 달갑지는 않았지만 거절할 수가 없었던 모양입니다. 자기네 헌법에 자승 자박이 된 꼴이라고나 할까요?」

「그래, 은퇴는 했다던가?」

「은퇴요? 그놈이오?」

그리말디는 코웃음을 치며 덧붙여 말했다.

「상어란 놈이 나이를 먹는다고 해서 금붕어가 됩니까?」

「죽기 전에는 은퇴란 있을 수 없다는 말이로군.」

혼잣말로 중얼거리며 보란은 하늘을 올려다보았다. 그의 옆얼굴을 훔쳐보며 그리말디가 조심조심 말했다.

「놈들이 스스로 발을 씻기를 기대하느니 차라리 고양이가 생선을 싫증내기를 바라는 편이 훨씬 나을 겁니다. 안 그렇습니까?」

「나도 가끔은 그렇게 생각하지. 그때마다 난 나 자신에게 이렇게 얘기하곤 한다네.」

「어떻게요?」

「난 뭔가가 달라지기를 바라고 전투를 하는 게 아니다. 그냥 죽일 뿐이다.」

보란의 눈빛이 깊어졌다. 그리말디는 몸을 크게 떨며 고개를 주억거렸다.

「그럼 이번엔 누구를 그냥 죽이실 작정이십니까? 에드워드경입니까?」

「그런 건 알려고 하지 말게. 내가 원하는 곳으로 날 데려다 주기만 하면 자네 일은 끝나는 거야.」

「돌아가실 땐 어떻게 하구요?」

보란은 미소를 지으며 그리말디의 어깨를 툭 쳤다.

「참, 그렇군. 돌아갈 때도 태워 줘야지.」

「물론입니다. 대신 제가 묻는 말에 대답해 주셔야 합니다.」

「오케이! 뭐든지 물어 보게.」

「대체 왜 그렇게 죽이시는 겁니까? 그래 보았자 결국 먼저 쓰러지는 건 당신 쪽일 텐데 말입니다. 안 그렇겠나 생각해 보십시오. 당신이 한 놈 없애면 순간 또 다른 놈이 잇따라 튀어나옵니다. 그러니까 놈들은 쉽게 말해 고장이 나면 자동적으로 수리되는 기계라 이 말입니다. 그런데 당신은 뭡니까? 한번 고장이 나면 그것으로 끝장이 나는 기계 아닙니까? 당신도 이 사실을 잘 알 터인데 그럼에도 목을 내놓고 닥치는 대로 죽이는 이유가 뭡니까?」

「범죄는 큰 돈벌이가 되거든.」

보란은 별다른 표정 없이 나직하게 대답했다. 그러자 그리말디는 이해할 수 없다는 얼굴로 크게 소리쳤다.

「그게 무슨 뚱딴지 같은…….」

순간 보란은 곤혹스러운 표정을 띠며 황급히 손을 내저었다.

「오해 말게. 내 말은…… 범죄로 재미를 볼 수 있다고 생각하는 놈들 가운데 몇 놈에게 조금도 재미볼 수 있는 것이 아님을 뼈저리게 가르쳐 주기 위해서라는 뜻이었어. 자네는 내가 상대하고 있는 것이 기계라고 했지만 난 그렇게 생각지 않는다네. 놈들도 결국은 인간이야. 아픈 것도 알고 무서운 것도 아는…….」

그제야 그리말디는 고개를 끄덕이며 희미한 미소를 지어 보였다. 그 미소에는 동정의 빛이 진하게 어려 있었다.

「듣고 보니 당신 말이 옳은 것도 같습니다. 그렇게 계속 죽이다 보면 놈들이 모두 기가 질려 꼬리를 감추고 집안에 들어앉아 있을 날이 올는지도 모르지요. 하지만 그때까지 죽지 않고 살아 남을 자신이 있으십니까?」

「노력해야지.」

「굉장하십니다! 새삼 존경하고 싶어지는데요?」

보란은 빙긋 웃으며 어깨를 으쓱했다.

「정 나를 존경하고 싶다면 그 표시로 에드워드경인가 하는 작자가 살고 있는 집의 구조를 좀 가르쳐 주지 않겠나?」

그리말디는 연필과 종이를 꺼내더니 자세한 설명을 덧붙여 가며 건물 배치도를 그리기 시작했다.

「여기는 북쪽 담. 정문은 서쪽. 여기가…… 경비 초소. 침실은 여기. 그리고…… 이 두 건물 사이에 안마당이 있습니다. 들어가실 때는 여기…… 일층에 있는 창문을 이용하시는 게 좋을 듯싶습니다. 단 이 모퉁이에도 또 경비 초소가 있으니까 조심하셔야 합니다.」

「항상 경비원이 있나?」

「그렇습니다. 양복 차림의 흑인 경비원이 두 명.」

「무기는?」

「겨드랑이에 권총을 감추고 있습니다.」

보란은 그리말디의 설명이 계속되는 동안 그것을 머리에 새겨 넣으려는 듯 입을 꾹 다문 채 배치도를 뚫어지게 바라보고 있다가 설명이 끝나자 비로소 다시 입을 열었다.

「자, 그럼 다시 복습하세. 여기 일층 입구의 홀에 남자 한 명, 개 한 마리가 있다고 했지?」

「맞습니다.」

「왼쪽으로 꺾어진 층계 오른쪽에 서재가 있고…… 정면은 연회장이라고 했던가?」

「네, 그런데 그 연회장에서 파티가 열린 적은 이제껏 없었다고 했습니다.」

보란은 고개를 몇 차례 끄덕이고는 계속 배치도를 확인해 나갔다.

「여기는 주방. 그 옆이 집사가 쓰는 방. 여기는 식당. 여기는 경비 초소. 맞나?」

「틀림없습니다. 경비 초소에는 24시간 경비원이 있다는 점도 잊지 마십시오.」

「그들의 근무 교대 시간은?」

「12시에 교대하는 것은 보았습니다만 나머지는 몇 시 몇 시에 하는지 잘 모르겠습니다. 아마 3교대일 겁니다.」

「그만하면 충분해. 그 외에 무슨 특별한 보안 장치는 없던가?」

「아, 깜박 잊고 말씀 드리지 않았군요! 집안 전체에 모니터 장치가 되어 있었습니다. 네, 맞아요! 분명히 그랬습니다.」

「그것 보게. 이렇게 다시 확인해 보길 잘했지. 또 잊고 얘기 안 한 건 없나 잘 생각해 보게.」

그리말디는 잠시 생각한 끝에 자신 있게 대답했다.

「없습니다.」

「좋아. 그럼 이층으로 올라가 보세.」

「아까 이층에는 올라가 보지 못했다고 말씀 드리지 않았습니까?」

「그랬지. 하지만 밖에서는 보았을 것 아닌가? 그것만이라도 자세히 말해 보게.」

그리말디는 할 수 없다는 듯 눈을 크게 떴다 감으며 어렴풋한 기억의 발자취를 더듬기 시작했다.

「가만히 계셔 보십시오. 놈은 그러니까…… 이층 전체를 혼자 쓰고 있는 것 같았습니다. 방은 모두…….」

그리말디는 말을 잠시 끊고 손을 들어 손가락을 꼽아 보더니 큰 발견이라도 한 듯 들뜬 목소리로 말했다.

「셋입니다, 셋! 큼직큼직한 방이 셋. 그리고 그 외에 경비실도 하나 있는 듯했습니다. 경비원들은 외부 경비원처럼 흑인이 아니고 저처럼 이탈리아계 백인이었습니다.」

「여자들은 없던가?」

「네, 여자들의 모습은 못 보았습니다.」

「됐어. 본관 건물은 그쯤 해두고 다음은 별채. 그곳엔 사무실, 회의실, 금고실이 있다 이 말이지?」

「그렇습니다.」

「이층엔 뭐가 있지? 그리고 이층 창문은 여기 한 군데뿐인가?」

그리말디는 한숨을 내쉬었다.

「보란 씨, 전 그 건물의 설계자가 아닙니다. 게다가 단 하룻밤밖에는 묵지 않았다구요.」

「알아, 알아. 하지만 사람은 기억력을 최대한으로 활용하면 어머니 뱃속이라도 생각해낼 수 있는 법이라네. 자, 마음을 가다듬고 잘 생각해봐. 이렇게 큰 건물 이층에 창이 하나뿐일 리가 있겠나?」

보란의 말이 끝남과 동시에 그리말디는 얼굴을 환히 밝히며 소리쳤다.

「아, 이제 생각났습니다! 연필, 연필 좀 줘보십시오. 여기가 사무실…… 여기는 금고실…… 층계는…… 이쪽이 아니고 여기 이렇게…… 창문은…….」

한때는 적이었던 보란과 그리말디. 두 사람은 그렇게 머리를 맞대고 치밀하게 작전 계획을 짜나갔다.

그 사이에도 무심한 시간은 쉬지 않고 대격전의 순간을 향해 치달렸다.

16
출 격

밤의 마지막 자락을 헤치며 헬리콥터는 포토프링스를 향해 힘찬 날갯짓을 하고 있었다. 보란은 의자의 등받이에 편안하게 기대 앉아 어쩌면 마지막으로 누려 보는 것인지도 모르는 휴식을 만끽했다.

그가 휴식을 취할 수 있는 기회란 이처럼 전투와 전투 사이의 극히 짧은 순간밖에는 없었으며 그나마 그것이 마지막 휴식이 될지도 모른다는 단서가 항상 붙어 있었다. 그러나 그러한 것에도 이젠 이력이 나서 그는 짧은 휴식으로도 충분히 몸과 마음의 긴장을 풀어 주고 다시 힘을 충전시킬 수 있었다.

그렇게 휴식을 취하면서 다른 한편으로 그는 이번 전투에 대해 생각을 정리해 보았다.

왜 아이티가 〈카리브해의 회전 목마〉의 중심지로 선택되었는지는 쉽게 이해할 수 있었다. 자기 나라 국민들을 개밥의 도토리

정도로밖에 여기지 않는 정부로서는 자신들과 똑같이 〈착취와 욕망〉이란 깃발을 내걸고 장사를 하는 〈눈에 보이지 않는 국제 정권〉의 장단에 춤을 추지 않을 이유가 하나도 없었다. 그 둘은 그야말로 배짱이 잘 맞는 콤비인 셈이었다.

참 우스운 세상이군!

보란은 속으로 혀를 찼다. 강대국들이 세계를 자신들의 손아 귀에 넣으려고 피를 흘리며 싸우고 있는 동안, 전세계의 불한당 놈들은 뒷구멍으로 돈을 긁어모아 〈제4세력〉이라고도 할 만한 강대한 조직을 결성할 준비를 해온 것이었다. 그뿐 아니라 그들 은 어느 틈엔가 그들 자체를 포함한 사회의 목덜미에 바짝 붙어 아주 새롭고도 놀라운 효력을 가진 정치 이념의 촉수로써 그 목 을 죄기에 이른 것이었다.

그들은 대체 누구의 도움으로 그렇게 급성장할 수 있었을까? 그 해답을 찾는 데는 그리 오랜 시간이 걸리지 않았다.

양심이라고는 티끌만큼도 없는 실업가, 쓸개 빠진 정치꾼들, 도의심을 우습게 아는 판사 나으리들…… 그 외에도 무수히 많 은 썩어 빠진 인간들이 그들에게 양분을 주고 물을 뿌렸으리라.

이젠 아무도 감당할 수 없을 정도로 비대해진 그 〈제4세력〉이 란 괴물은 이 지구라는 먹이를 한입 한입 베어 먹으며 그때마다 점점 더 커지고 있다는 사실 앞에서 보란은 그저 아연할 따름이 었다.

한 사람으로 된 군대가 그 괴물에게 과연 얼마만큼의 타격을 줄 수 있을 것인가? 잘해야 손가락이나 발가락 몇 개 자르는 데 그치지 않을까? 또 그나마라도 영영 잘라 버리면 다행이겠지만 금방 그 자리에서 새살이 돋는다면…… 그렇다면 무슨 의미가 있겠는가?

자신도 모르게 회의의 늪으로 빠져들던 보란은 돌연 머리를 세차게 저으며 생각의 고삐를 바로잡았다.

아니다. 설사 그렇다고 해도 의미는 있다. 최소한 돈으로 살 수 없는 인간도 있다는 것, 이상이나 신념은 책에만 나오는 고리타분한 단어가 아니라는 것, 보다 높은 목적을 위해 몸과 마음을 다 바치는 인간은 자신의 능력보다 몇 배나 더 큰 힘을 발휘할 수 있다는 것 정도는 놈들에게 보여줄 수 있을 것이다.

그것이면 충분하지 않은가! 보란은 이를 악물며 자신도 모르게 불끈 주먹을 거머쥐었다.

그때 그리말디가 밝은 목소리로 말을 걸었다.

「처음 사촌형이 이 자리를 얻어 주었을 때 저는 속으로 이렇게 생각했습니다. 어차피 이젠 내세울 자존심도 없는 몸이 아니냐. 기왕 이렇게 된 바에야 이미지대로 살아가자!」

자못 심각한 생각에 잠겨 있던 보란은 급히 마음을 정리하고 애써 활기찬 표정을 떠올렸다.

「이미지라니?」

「거 왜 있지 않습니까? 이탈리아 사람이면 어떠어떠하다는 …….」

그리말디는 히죽 웃어 보였다.

「그만하면 알겠네. 내 고향에도 이탈리아계 사람들이 꽤 많았다네. 그들은 한결같이 좋은 사람들이었지. 정말 한줌 밖에 안 되는 쓰레기들 때문에 전체의 이미지가 흐려지고 있으니 화도 날 거야.」

「보란 씨, 그럼 당신은 이탈리아인들을 좋아하십니까?」

조종사는 의외라는 듯한 표정이었다.

「물론이지. 내 혀와 위장까지도 이탈리아제라면 뭐든지 환영이라네.」

보란은 입맛을 다시며 배를 툭툭 두드렸다. 그 모습이 하도 익살스러워 그리말디는 한참이나 킥킥댔다.

「당신이 왜 그렇게 용감한가 했더니 어릴 때부터 스파게티를 많이 먹었기 때문이로군요.」

「바로 그거야……」

그때였다. 그리말디가 갑자기 입에 손가락을 대고 조용히 하라는 표시를 하면서 고개를 젖혀 하늘을 살폈다.

「왜 그러나?」

보란이 나지막이 물었다.

「글쎄요. 경찰인 것 같기도 하고……」

그의 말을 뒷받침하기라도 하려는 듯 곧 이어 이어폰에서 매우 관료적인 목소리가 흘러나왔다.

「무슨 말인지 알아듣겠나?」

보란이 속삭이듯 묻자 그리말디는 고개를 갸웃했다.

「프렌치 클리오르어(語)인 듯한데…… 잘 알아듣지는 못 하겠지만 무엇을 요구하는지는 알 만합니다. 잠깐 기다려 보십시오.」

그리말디는 목에 건 마이크의 버튼을 누르고 커다란 음성으로 말했다.

「여기는 미국 헬리콥터다. 포토프링스의 비행 허락을 받았다. 에드워드경 51호!」

그러자 머리 위의 어둠 속으로부터 프로펠러식 전투기의 비행음이 들려 오면서 동시에 발음이 매우 또렷또렷한 영어가 이어

폰에서 튀어나왔다.

「아이티에 오신 것을 환영합니다. 정규 항공로로 비행해 주시기 바랍니다.」

「오케이!」

보란은 긴장된 얼굴에 비웃음을 떠올리며 파일럿을 바라보았다.

「어지간히 예의 바르군.」

「네, 지나칠 정돕니다.」

「그런데 에드워드경 51호란 건 뭐지?」

그리말디도 쓴웃음을 머금었다.

「유사시에 쓰라고 가르쳐 주었던 건데 무슨 뜻이 담겨 있는 것인지는 저도 모릅니다. 녀석들이 사용하는 암호 중의 하나인 것 같습니다.」

보란의 얼굴에 떠올랐던 비웃음은 신랄한 빛을 더해 갔다.

「그러니까 에드워드경을 찾아오는 사람은 통관이니 입국 수속이니 하는 번거로운 절차를 밟은 필요가 전혀 없다는 말이로군.」

「그렇습니다. 이 나라에서 그는 제왕과도 같은 존재입니다.」

「내가 그 제왕을 없앤다면?」

「누군가가 다시 그 자리를 채우게 되겠지요. 제가 하고 싶었던 얘기가 바로 그겁니다. 이 전쟁은 도무지 승산이 없습니다. 그들은 잘라도 잘라도 자꾸만 새 꼬리를 만들어 내는 도마뱀 같은 놈들입니다.」

「그래도 난 목숨이 붙어 있는 날까지 그 꼬리를 자를 걸세.」

「보란 씨, 당신은 이미 죽은 사람이 아니었던가요?」

보란은 어깨를 으쓱했다.

「그럼 자넨 죽은 사람이 산 사람을 죽이는 희귀한 광경을 보게
되겠군, 그리말디!」

그들의 대화는 일단 거기서 중단되었다. 에드워드경의 대저택
상공에 도달했기 때문이었다.

보란은 쌍안경을 눈에 대고 저택 내부의 상황을 살펴보았다.
창문이란 창문에는 환하게 불이 켜져 있었고 주차장에는 성냥갑
만하게 보이는 자동차들이 빽빽이 들어차 있었다. 아직 날이 완
전히 밝지 않았기 때문에 더 이상 자세한 것까지 관찰하기는 곤
란했다.

「왜 이런 꼭두 새벽에 출격하시는 겁니까? 습관입니까? 월남
에서도 날이 샐 무렵만 되면 꼭 자는 사람을 두들겨 깨우는 데
아주 미치겠더라구요. 대체 그 이유가 뭡니까?」

그리말디가 난데없이 불평을 늘어놓았다. 보란은 쌍안경에서
눈을 떼지 않은 채 차분하게 대답했다.

「습관 탓만은 아니야. 심리적인 이유도 있겠고 또 생물학적인
근거도 있지.」

「그렇군요. 이제 알겠습니다.」

이렇게 대답하는 그리말디의 표정은 그러나 여전히 알 수 없
다는 듯 불만에 차 있었다.

정찰을 계속하면서도 보란은 그리말디의 그런 속마음을 꿰뚫
어본 양 자상하게 설명을 덧붙였다.

「우리 몸에는 일종의 리듬 같은 것이 있다네. 그 리듬은 육체
뿐만 아니라 정신에도 작용하지. 그런데 새벽이란 시간은 이를
테면 리듬의 중립 지대인 셈이야. 쉽게 말해 마음이 풀어지는 시
간이지. 밤샘을 해보면 금방 알 수가 있네. 이젠 새벽에 출격하

는 이유를 알겠나?」

그래도 그리말디가 신통치 않은 반응을 보이자 보란은 쌍안경에서 눈을 떼고 보충 설명을 했다.

「인간처럼 야행성이 아닌 생물에게는 새벽이란 어둠의 위험으로부터 해방되는 걸 뜻한다네. 하늘에 어슴푸레한 빛이 비치기 시작하면 아, 또 하룻밤을 무사히 넘겼구나 하고 마음을 놓게 되는 거지.」

「그래서 새벽에는 한결 가벼운 마음으로 출격할 수 있다는 말씀입니까?」

「그게 아니야, 그리말디. 새벽녘이면 누구나 긴장이 풀어지게 마련이니까 그 틈에 상대방의 뒤통수를 치자는 거지.」

그리말디는 그제서야 만족스런 미소를 지었다.

「그거 재미있군요.」

「그럼 이제 슬슬 놈들의 뒤통수를 치러 내려가 볼까?」

싱긋 웃는 보란에게 그리말디는 자못 심각한 표정을 지어 보이며 물었다.

「제가 당신을 데리러 다시 올 거라고 믿습니까?」

「물론!」

「사람을 보는 눈에는 자신이 있으시다 이 말인가요?」

「그렇지 않으면 나 같은 사람은 살아 나가기가 힘이 들지. 자, 어서 내려 주게.」

자신을 믿는다는 데 기분 나빠 할 사람이 어디 있으랴. 그리말디는 흔쾌히 고개를 끄덕이며 에드워드경의 대저택에서 약 100야드 가량 떨어진 곳에 헬리콥터를 착륙시켰다.

「무사하길 빌겠네!」

착륙과 동시에 문을 열고 뛰어나가면서 보란이 낮게 소리쳤
다. 그리말디는 급히 그의 말을 되받았다.

「그건 제가 해야 할 말 아닙니까?」

그러나 보란은 이미 그 자리에 없었다. 그리말디는 새벽 안개
속으로 빨려 들어가는 그의 뒷모습을 바라보며 실로 오랜만에
기도하는 마음이 되어 혼자 중얼거렸다.

「정말 무사하시길 빌겠습니다!」

다음 순간 헬리콥터는 이제 막 어둠이 걷히기 시작한 하늘로
힘차게 날아올랐다.

17
아이티의 제왕

저택의 담장을 향해 달리면서 보란은 시계를 들여다보았다. 해가 완전히 뜰 때까지 남은 시간은 약 10분! 그 안에 그는 작전을 완수해야만 했다.

만약 그리말디의 기억이 정확하기만 하다면 그는 주어진 시간 안에 모든 걸 해치울 자신이 있었다. 그러나 만약……

불안한 점이 없진 않았으나 그것은 담장을 뛰어넘기만 하면 곧 판명될 일. 그는 더 이상 조바심 치지 않기로 하고 달리는 일에만 전념했다.

잠시 후 에드워드경의 저택에 발을 들여놓은 보란은 흐뭇한 미소를 떠올렸다. 그리말디가 그린 건물의 배치도가 거의 완벽했기 때문이었다.

보란은 지체없이 전화선을 찾아내어 외부와 연락을 못 하도록 끊은 다음 동쪽에 있는 경비 초소로 향했다.

아이티산(産) 고급 목재로 지어진 초소는 손질이 잘 되어 번들 번들 윤기가 흘렀다. 보란은 그 윤기 나는 벽에 몸을 찰싹 붙이 고 활짝 열린 창문 너머로 안을 들여다보았다.

정면 벽에는 각기 다른 화면의 텔레비전 수상기가 여러 대 설 치되어 있었고 그 앞에 힘깨나 씀직한 흑인이 한 명 앉아 늘어지 게 하품을 하며 뒤통수를 긁적거리고 있었다.

보란은 오직 자신의 손길이 미치기만을 기다리며 홀스터에 얌 전히 들어앉아 있던 사랑스런 베레타를 꺼내어 살그머니 방아쇠 를 어루만졌다. 순간 베레타는 들릴락 말락한 교성과 함께 푸른 불꽃을 토해 내면서 머리를 긁적이던 흑인의 손가락 사이에 붉 은 구멍을 냈다. 이로써 그 흑인의 가려움증은 영원히 해결된 셈 이었다.

보란이 막 베레타를 거두고 다음 지점으로 이동하려는 찰나 또 한 명의 흑인이 방금 볼일을 보고 돌아오는 길인 듯 허리춤을 추스리며 문으로 들어섰다.

「아, 참, 시원…….」

그러나 불행하게도 그 흑인은 배뇨의 시원함을 미처 다 묘사 하지 못한 채 저승행 열차에 몸을 실어야 했다. 보란에게는 그것 을 들어줄 만큼의 시간적 여유가 없었던 것이었다.

익숙한 몸놀림으로 두 구의 시체를 눈에 잘 띄지 않는 곳에 옮 겨 놓은 후 보란은 곧장 반대 방향에 있는 경비 초소로 향했다.

제1관문을 통과하는 데 소요된 시간은 1분 30초. 아직까지는 모든 것이 계획대로였다. 보란은 건물에서 새어 나오는 불빛을 피해 날렵하게 안마당을 가로질렀다.

초소에는 단 한 놈이 있을 뿐이었다. 사내는 의자에 앉아 플라

스틱컵에 든 커피를 마시고 있었다. 보란은 사내가 커피잔을 내려놓길 기다렸다가 날쌔게 안으로 뛰어 들어가 한 손으로 놈의 입을 틀어막음과 동시에 다른 한쪽 팔로 놈의 목을 힘껏 죄었다. 놈은 순간 몸을 뒤틀며 저항했으나 이내 축 늘어지고 말았다. 보란은 놈의 목을 죈 팔에 마지막으로 한 번 더 힘을 주어 죽음을 확인한 다음 시체를 주차장으로 끌어내 맨 먼저 눈에 띈 자동차 밑에 쑤셔 넣었다.

그때였다. 그곳에서 얼마 떨어지지 않은 곳에 주차해 있던 자동차의 문이 열리더니 흰 정장 차림의 사내가 모습을 드러냈다. 그는 천천히 다가오면서 조심스런 음성으로 말했다.

「안리?」

보란은 자동차의 뒤에 숨어 사내가 좀더 가까이 다가오기를 기다렸다.

사내는 자신의 물음에 아무런 반응도 나타내지 않자 뭔가 불안했는지 보란이 몸을 숨기고 있는 자동차의 보닛 앞에까지 와서는 주춤 걸음을 멈추고 또다시 말했다.

「안리, 이리 나와봐!」

아마도 그는 근무지를 이탈해서 자기 자동차 안에 들어앉아 농땡이를 부리다가 인기척이 나자 안리라는 동료에게 들킨 게 아닌가 해서 겁을 먹은 모양이었다.

그렇다면 내가 그 고민을 해결해 주지! 싸늘한 미소를 떠올리며 보란은 사내의 근심 가득한 가슴에 파라베람탄을 선사했다. 사내는 다시는 고민이 들어찰 염려가 없는 가슴을 얼싸안은 채 푹 고꾸라졌다.

이제 외부의 경비망은 모두 제거된 셈이었다. 보란은 사내의

몸뚱이도 마저 차 밑에 처박은 후 주저없이 본관 건물로 돌진했
다.

그리말디의 말대로 안마당과 면한 일층의 벽에는 한 두 사람
쯤은 충분히 드나들 만한 크기의 창이 나 있었다. 보란은 벽에
몸을 붙인 채 옆걸음으로 창으로 다가가 잠시 안을 살펴본 다음
소리없이 미끄러져 들어갔다.

들키지 않고 행동을 하려면 무엇보다도 모니터 텔레비전용
(用) 카메라를 찾아 없애야 했다. 그는 커튼 뒤로 스며들어 불이
환히 켜진 그 방의 사방 벽을 따라 시선을 옮겼다. 다행히 그 방
안에는 한 군데밖에 카메라가 설치되어 있지 않았다. 그는 렌즈
에 포착되지 않도록 조심스레 접근해 파라베람탄을 한 방 먹이
고는 급히 그 방을 나와서 그리말디가 일러준 모퉁이에 있다는
경비실로 걸음을 옮겼다.

그가 발견한 두 번째 카메라 렌즈는 경비실 문 위쪽에 붙어 있
었다. 그는 발돋움을 하여 렌즈를 손바닥으로 가린 다음 문을 탕
탕 두드리며 소리쳤다.

「어이!」

그러자 카메라 옆의 스피커에서 컬컬한 목소리가 튀어나왔다.

「왜 그래?」

「카메라가 몇 대 고장난 것 같지 않아?」

「그러잖아도 지금 막 연락을 하려던 참이었는데, 그것 때문에
왔나?」

「그래. 빨리 문이나 열어!」

「누군지 되게 설쳐 대네. 얌전히 기다리지 못해!」

조금 더 투덜거리는 소리가 나더니 부저가 울렸다. 보란은 문

을 밀어젖히며 성큼 안으로 들어섰다.

못마땅한 눈초리로 그가 들어오는 모습을 흘끗 보던 컬컬한 목소리의 사내는 순간 헉 하고 놀라며 옆구리에 찬 권총 벨트에서 총을 뽑으려 했다. 그러나 보란의 베레타가 한 발 먼저 불을 뿜었다. 피며 살점이 모니터용 텔레비전으로 튀면서 마피아의 최후를 실감나게 화면에 담았다.

다음은 주방 차례였다. 보란은 주방 벽에 설치된 안전 개폐기의 뚜껑을 열고 퓨즈를 뽑아 버렸다. 순간 집안을 밝혀 주던 불빛이 일시에 사라졌다. 동시에 전기의 힘으로 움직이던 모든 시설의 기능이 정지되었다.

보란은 준비해온 회중 전등을 켜고 침침한 복도를 지나 일층 입구의 홀로 나섰다. 밖은 여명으로 희끄무레했지만 집안은 전기가 나가자 한밤중과 별 차이없이 컴컴했던지가 그의 예상대로 경비원 몇 명이 모여 당황한 빛으로 웅성거리고 있었다. 그들 옆에서 한 사내가 낮게 으르렁거리며 몸부림 치는 경비견을 진정시키느라 진땀을 빼는 모습도 어렴풋이 보였다.

어둠 속에서 보란은 차가운 미소를 입가에 흘리며 잠시 그 광경을 지켜보다가 곧 그들 쪽으로 다가갔다. 순간 그들의 시선은 회중 전등을 들고 다가오는 보란에게 집중되었다.

「어떻게 된 거야?」

그들 중 한 사내가 보란이 가까이 오길 기다렸다가 불만에 가득 찬 얼굴을 회중 전등의 불빛 속에 들이밀며 소리쳤다. 불빛 뒤에 선 보란은 자신의 얼굴이 상대방에게 잘 보이지 않는다는 것을 알고 있었기 때문에 아무런 흔들림도 보이지 않은 채 자신 있게 대답했다.

「정전이야. 곧 들어오겠지.」

「들어오겠지? 대답 한번 여유 있게 하는군. 좋았어!」

누군가가 비아냥거렸다. 그러자 처음에 소리쳤던 사내가 독이 오른 목소리로 대들듯이 외쳤다.

「이러다가 사고라도 나면 어쩌려고 그래? 언제 전기가 들어오는지 확실히 알아야 할 것 아냐!」

사고는 이미 났다! 이렇게 말해 주고 싶은 걸 꾹 참고 보란은 차분하게 대꾸했다.

「금방 날이 샐 텐데 뭘 그러나? 어두운 게 싫으면 밖에 나가 있으라구.」

「그의 말이 옳아. 밖에 나가 있자구!」

「문이나 좀 비춰 주지!」

저마다 한마디씩 하며 옆에 있던 사내들이 우르르 문 쪽으로 몰리자 보란에게 핏대를 세우던 사내도 더 이상 따지려 들지 않고 대신 손을 들어 상스런 제스처를 해보인 후 곧 문 밖으로 사라졌다. 보란은 그때까지도 경비견과 씨름을 하고 있는 사내에게 불빛을 비추며 말했다.

「그 말썽꾼도 밖에 나가면 얌전해질 거야.」

사내는 군말 없이 개를 끌고 밖으로 나갔다. 보란은 수군대는 사내들의 목소리가 멀어질 때까지 그 자리에 서 있다가 완전히 조용해진 다음에야 중앙홀로 이동했다.

그곳에도 사내 몇 명이 모여 서성대고 있었다. 그리말디의 말보다 더 많은 경비원들이 집안에 있는 것으로 보아 무슨 특별한 회합이라도 열리고 있는 모양이었다. 그러고 보니 주차장의 자동차 수도 에드워드경이란 작자 개인의 소유라기엔 너무 많았다. 그러나 설사 그렇다고 해도 보란의 작전에는 변화가 있을 수 없었다. 그는 회중 전등을 휘두르며 다가가 크게 말했다.

「정전이야. 하지만 곧 들어올 거야!」

「곧이 언제야?」

그들 중 한 명이 신경질적으로 소리 질렀다. 그때 홀 오른쪽에 있는 문이 열리면서 희미한 황색 불빛을 등지고 덩치 큰 사내가 걸어 나왔다.

「회의중인데 웬 소란이야?」

덩치에 걸맞게 우렁우렁한 목소리로 그가 야단치듯 말하자 보란 옆에 섰던 사내가 공손하게 대꾸했다.

「정전이랍니다, 보스. 곧 들어온답니다.」

「이봐, 전등을 보스에게 드려!」

가까운 곳에서 누군가 보란에게 명령조로 말했다. 덩치 큰 사내는 손을 들어 만류하며 점잖게 타일렀다.

「괜찮아. 촛불을 켜놓았으니까. 그리고 진정들 해. 전기가 나갔다고 정신까지 나갈 건 없잖아. 여기는 미국이 아니고 아이티야. 아이티에서는 정전쯤은 예삿일이라구.」

말이 끝나자 그는 사내들을 한 번 둘러본 다음 몸을 돌려 문으로 걸음을 옮겼다.

머릿속의 마피아 리스트를 부지런히 훑어 내리던 보란은 그 순간 사내의 정체를 알아냈다. 그는 빅 거스 리아피였다.

「거스 씨!」

보란의 다급한 외침에 사내는 걸음을 멈추고 다시 뒤돌아섰다.

「누구야, 내 이름을 부르는 게!」

그의 말투엔 못마땅하다는 기색이 역력했다. 보란은 한 발 앞으로 나서며 말했다.

「파일럿입니다. 에드워드경께 전령(傳令)이 왔다고 전해 주십시오.」

「누가 보낸 전령이야?」

「그건 저도 모릅니다. 전 단지 그를 이곳으로 데려다 주라는 명령만 받았습니다.」

「음, 그래서 아까 헬리콥터 소리가 났군. 알았어, 전해줄 테니 여기서 기다리고 있어.」

빅 거스 리아피는 서둘러 방 안으로 들어갔다. 그러자 경비원 중 하나가 불평을 늘어놓았다.

「젠장! 대충 끝내지. 벌써 며칠째 밤잠을 못 자게 들볶는 거야!」

「입 닥치고 있어. 끝날 때가 되면 어련히 끝날까!」

거스가 나왔을 때 정전이라고 보고하던 사내가 그에 맞섰다. 그러나 불만을 품은 사내는 한 명만이 아닌 듯 여기저기서 투덜대는 소리가 들렸다. 여기서 보란은 새로운 사실을 알아낼 수 있었다. 즉 카리브해의 회전 목마는 해체되고 대신 새로운 패밀리가 조직되는 중이었다.

보란은 회중 전등의 불빛에 자기 얼굴이 드러나지 않게 신경을 쓰며 지나가는 말인 것처럼 슬쩍 한마디 던져 보았다.

「내가 태우고 온 전령이 그러는데 글래스베이에서는 지금 파티가 벌어졌다더군.」

「파티? 무슨 파티?」

경비원들 중 하나가 민감하게 반응했다. 정전을 보고하던 그

사내였다. 보란은 어깨를 으쓱하며 내가 알 게 뭐냐는 식으로 태
평스럽게 대꾸했다.

「낸들 아나? 뭔가 신나는 일이 생긴 모양이지.」

사내는 돌연 몸을 휙 돌리더니 거스 리아피가 사라진 방으로
다가가 노크를 하고는 곧 안으로 들어갔다.

「쌕쌕이 토니의 부하 말이야, 거 찰린가 뭔가 하는 놈. 그 놈
은 참 억세게 재수 좋은 놈이야.」

누군가가 부럽다는 듯 말했다. 더 이상 죄를 짓지 않고 저 세
상으로 갔으니 어찌 보면 재수가 좋다고도 할 수 있겠지. 보란은
고개를 끄덕이며 맞장구를 쳤다.

「그래, 운 좋은 놈이야.」

잠시 후 빅 거스가 경비원을 거느리고 다시 나타났다. 보란은
회중 전등을 거스의 발 밑에 비추었다. 거스는 어둠 속에 서 있
는 보란을 향해 나직하게 물었다.

「글래스베이가 어떻다구?」

「저는 잘 모릅니다. 단지 전령이 그곳에서 파티가 벌어지고 있
다고 하길래 그 얘길 한 것뿐입니다.」

「그건 전령이 꾸민 얘기야!」

버럭 소리를 지르고 나서 거스는 경비원을 밀치고 방으로 들
어갔다.

「왜 저렇게 화를 내지?」

보란이 짐짓 능청스레 말했다.

「자네도 지금 거스 입장이라면 가만히 있지 못할 걸? 다된 죽
에 코가 빠진 격이니까⋯⋯.」

「쉿! 말조심해!」

「내가 뭐 틀린 말 했나?」

「그래도…….」

거스의 뒤를 따라 나왔던 사내는 그때까지 입을 다물고 있더니 돌연 수군대는 경비원들을 밀어붙이며 고함을 쳤다.

「입 닥치고 빨리 탱크로 돌아가!」

아마도 그는 그들 중에 서열이 제일 높은 모양으로 사내들은 불만스러운 듯 툴툴거리면서도 그의 명령에 따랐다. 그는 보란에게 시선을 돌리고 다시 소리를 질렀다.

「뭐야, 넌! 왜 안 가고 꾸물거리고 있어!」

「난 에드워드경을 기다리고 있거든!」

보란은 회중 전등을 가볍게 흔들며 대꾸했다.

사내는 코방귀를 뀌고는 탱크, 즉 경비실로 뒤따라 들어갔다.

이제 얼마 지나지 않아 해가 떠오르리라. 보란은 창 밖을 살피며 시간 계산을 해보았다. 주어진 시간은 이미 절반 이상이 흘렀다. 2분 이내에 에드워드란 작자가 나타나지 않으면 그곳에서 자신이 살아 나갈 가능성은 제로가 된다.

맥 보란은 초읽기를 시작했다.

……39, 40…… 그때까지도 에드워드는 나타나지 않았다. 숫자를 꼽아나가는 그의 이마에 땀방울이 맺히기 시작했다.

……49, 50, 51…… 그때였다. 거스가 들어간 방문이 열리면서 훤칠한 키에 단정해 보이는 사내의 모습이 보였다. 그가 에드워드 스튜어트임을 보란은 한눈에 알아볼 수 있었다. 그의 등 뒤에서 새어 나오는 촛불빛 덕택에 그나마 어렴풋한 윤곽을 잡을 수 있을 뿐이었으나 그것만으로도 거물다운 의젓함을 읽기에 충분했던 것이었다.

이 얼마나 완벽한 위선인가! 겉으로는 저렇듯 말끔한 신사에 대사업가, 문화재 애호가로 자선 사업까지 하고 있는 작자가 뒷구멍에서는 강간, 살인, 마약 밀매, 도박 등등 나쁜 짓이란 나쁜 짓은 모두 하고 있다니!

인간의 탈을, 그것도 상류 사회 인사의 탈을 쓰고 있는 돈벌레! 보란은 울컥 분노가 치밀었으나 애써 공손한 목소리로 먼저 말을 걸었다.

「에드워드경, 밖에서 전령이 기다리고 있습니다.」

「얘기 들었네. 그가 있는 곳까지 안내해 주겠나?」

목소리며 말투까지 철저히 위장되어 있었다. 생각 같아선 당장 침이라도 뱉어 주고 싶었지만 아직은 그럴 때가 아니었다. 보란은 계속 공손한 태도로 말했다.

「앞장서십시오. 제가 발 밑을 비춰 드리겠습니다.」

「고맙네.」

에드워드는 당당하게 앞장서서 걷기 시작했다. 보란은 바닥에 회중 전등을 비추며 그를 이끌어 나가다가 경비실 앞을 지나치자마자 베레타를 꺼내어 그의 갈비뼈에 들이댔다. 그러나 에드워드는 몸을 약간 긴장시켰을 뿐 여전히 거물다운 풍모를 잃지 않은 채 걸음을 옮겼다.

보란은 그를 데리고 건물 밖으로 나와 북쪽 담으로 향했다. 동쪽에서부터 하늘이 서서히 밝아지고 있었다.

순순히 걸음을 옮기던 에드워드는 날이 점점 밝아지자 이제는 자신에게 총부리를 들이대고 있는 사내의 얼굴을 확인해 봐야겠다는 생각이 들었는지 갑자기 걸음을 멈추고는 보란 쪽으로 고개를 돌렸다.

다음 순간 그 점잖던 얼굴에 어울리지 않게 당황과 공포의 빛
이 떠올랐다.

「자네는…… 보란!」

「지금의 내 이름은 킬러일 뿐이지.」

보란의 얼음장처럼 차가운 목소리에 에드워드는 꿀꺽 침을 삼
키고 나서 타이르듯 말했다.

「자넨 뭔가 착각하고 있는 모양인데…… 난 마피아가 아니야.
마피아하고는 아무 상관도 없다구.」

그의 의젓한 태도는 조금씩 허물어지고 있었다. 보란은 신랄
한 어조로 그의 말을 받았다.

「물론 그렇겠지. 마피아란 전설에나 나오는 얘기니까.」

「내 말은 그게 아니야, 보란. 마피아는 존재해. 난 누구보다도
그걸 잘 알아. 하지만 난 마피아에 속해 있지도 않을 뿐더러 눈
곱만큼의 관계도 없다, 이 말이야.」

더러운 놈! 보란은 아무 말 없이 매서운 눈초리로 에드워드의
가면 쓴 얼굴을 쏘아보았다. 에드워드는 피가 얼어붙는 듯한 보
란의 시선을 끝내 이기지 못하고 진짜 얼굴을 드러냈다. 그 반반
하던 얼굴은 그지없이 추악하게 일그러지고 의젓함이 넘치던 눈
동자는 음흉스럽게 번들거렸다. 그의 입에서 나오는 소리조차
천하고 텁텁한 음성으로 바뀌어 있었다.

「알았네. 더 이상 군소리는 안할 테니 대신 현실적으로 흥정을
하세. 자, 말해 보게. 자네의 소원은 뭔가? 돈? 돈이라면 평생
주체하지 못할 정도로 듬뿍 집어줄 수 있네. 권력? 그것도 문제
없지. 아니면 계집? 그래, 사내면 누구나 계집을 탐내지. 자넨
어떤 계집을 좋아하나? 늘씬하게 잘 빠진 계집? 그 맛이 기가

막힌 계집? 뭐든지 말만 하게.」

「닥쳐!」

속이 메스꺼워 더 이상 듣고 있을 수가 없었다. 보란은 버럭 소리치고 나서 덧붙여 말했다.

「난 내가 원하는 건 뭐든지 다 갖고 있어!」

흙빛으로 변한 에드워드의 얼굴에 비굴한 미소가 번졌다.

「그럴 리가! 그러지 말고 어서 말해 보게.」

그러나 보란의 입에서 나온 말은 에드워드에게는 너무나 절망적인 것이었다.

「좋아. 그렇다면 말해 주지. 내 소원은 에드워드 스튜어트라는 작자를 사형 집행하는 거야.」

이쯤 되면 체면이고 흥정이고 다 소용없는 일임을 에드워드는 모르지 않았다. 그는 털썩 무릎을 꿇고 앉으며 두 손을 맞잡고 애걸했다.

「보란, 제발 목숨만⋯⋯!」

하늘은 이제 제법 훤해져 있었다. 보란은 죽음을 눈앞에 두고도 죄를 뉘우칠 줄 모르는 벌레만도 못한 인간에게 거침없이 총탄을 퍼부었다. 아이티의 제왕, 에드워드 스튜어트는 피와 뇌수로 범벅이 되어 자신의 삶만큼이나 추잡해진 얼굴을 하늘로 향하고 벌렁 나자빠졌다.

맥 보란은 다시는 가면을 쓸 수 없게 된 그 얼굴에 저격수 메달을 떨어뜨리며 차갑게 중얼거렸다.

「나에게 줄 수 있는 것은 아무 것도 없다, 에드워드!」

보란은 정직하고 친절한 이탈리아인과의 약속 장소로 서둘러 걸음을 옮기기 시작했다. 문득 고개를 돌려 보니 아침 햇살을 받

고 서 있는 저택이 눈에 들어왔다. 어둠 속에서는 그다지도 웅장
하게 느껴지던 그 저택은 밝은 빛이 비춰지자 탐욕과 음모로 번
들거리는 것이 보란의 비위를 뒤틀었다. 보란은 가볍게 코웃음
을 치고 나서 다시 발걸음을 떼어 놓았다. 멀리서 헬리콥터의 프
로펠러 소리가 들려 왔다.

18
아디오스 아미고

「이제 안심하십시오.」

헬리콥터가 산을 몇 개 넘고 들을 지나 해안 가까운 상공에 도달하자 비로소 그리말디는 얼굴을 활짝 펴며 말했다. 보란도 그제서야 긴장의 사슬을 조금 늦추며 빙긋 웃었다.

「자넨 역시 대단한 친구야, 그리말디. 앞으로는 자신을 헐값에 팔아 넘기지 않도록 하게.」

파일럿은 한껏 흐뭇해 하면서 넌지시 물었다.

「어떻게 됐는지 물어 봐도 괜찮겠습니까?」

「시원스럽게 됐지. 거물은 죽었다네.」

「당신에겐 실패란 없군요.」

존경 어린 목소리로 감탄하던 그리말디는 갑자기 얼굴을 굳히더니 입을 뗐다.

「하지만 놈의 몸이 채 식기도 전에 다른 놈이 그 자리에 앉아 똑같은 짓을 반복할 겁니다.」

보란도 얼굴을 굳혔다.

「그럴 테지. 그러면 나도 또 한 번 이곳에 와야겠지.」

잠시 침묵이 흘렀다. 그리말디는 어색한 미소로 그 침묵을 거두며 말했다.

「제 말을 오해하지는 마십시오. 전 당신이 하는 일이 무의미하다고 말할 생각은 없습니다. 당신이 그들에게 얼마나 치명적인 타격을 입히고 있는지는 조직에 몸담았던 저로서는 너무나 생생하게 알고 있으니까요. 제가 염려하는 것은 당신의 안전입니다.」

「고맙네.」

「아닙니다, 고맙다는 말을 듣고 싶어 드린 말씀은 아니었습니다.」

진심이 가득 담긴 그리말디의 시선을 맞받으며 보란은 이해한다는 듯 고개를 끄덕여 주었다. 말없는 가운데 한때는 적이었던 두 사람 사이에 사나이 대 사나이로서의 뜨거운 정이 오고갔다.

마침내 헬리콥터는 푸른 파도가 넘실거리는 열대의 바다 위로 나아갔다. 보란은 그제야 그리말디에게서 시선을 돌려 해상을 살폈다.

「크리스 크래프트제(製) 외양(外洋) 크루저가 있나 주의해 봐주게.」

「누가 이 부근에 오기로 되어 있습니까?」

시선을 수면에 고정시킨 채 그리말디가 물었다.

「확실치는 않네만 아무튼 잘 살펴봐 주게.」

「고도를 더 내릴까요?」

「아니, 이 정도면 충분히 분별할 수 있을 거야.」

「저…… 이건 제 생각입니다만, 당신이 글래스베이 상공에서 무선으로 보냈던 그 숫자 말입니다. 혹시 좌표 아니었습니까? 아직도 제겐 비밀입니까?」

보란은 열심히 수면을 살피며 싱긋 웃었다.

「어떤 여자가 하도 조바심을 치기에 최종 보고를 하기로 약속하지 않을 수 없었다네.」

「그 어떤 여자가 제가 상상했던 바로 그 여자라면 저 같아도 무슨 약속이든 했을 겁니다.」

「목에 총부리를 들이대는 여자라면 말인가?」

보란은 통쾌하게 웃어젖혔다.

그리말디도 따라 웃었다.

「지금이니까 하는 얘기지만 그때 한편으론 두려우면서도 다른 한편으로는 참 멋진 여자구나 하는 생각이 들었습니다. 그런데 그녀가 나타날까요?」

「아까도 말했지만 나도 확신은 없다네. 어쩌면 벌써 날 만나지 않기로 작정을 했는지도 모르지.」

「어쩌면 그렇지 않을지도 모르구요. 보란 씨, 10시 방향을 좀 보십시오. 수평선에서 10도쯤 앞으로요.」

그리말디는 눈을 빛내며 의미 심장한 미소를 떠올렸다. 보란은 쌍안경을 들어 그가 말하는 수역(水域)을 찾았다.

잠시 후 보란은 밝은 표정으로 쌍안경에서 눈을 떼고 말했다.

「국제 조난 주파수로 송신할 수 있게 해주게.」

「이미 그렇게 해놓았습니다. 어서 말씀하십시오.」

보란은 마이크의 버튼을 눌렀다.

「이브? 나 아담이오!」

「어머나!」

즉각 응답이 왔다. 에비타는 목이 메이는지 잠깐 동안 말이 없
다가 울먹거리며 다시 입을 뗐다.

「당신…… 무사하셨군요!」

보란도 가슴이 저려 왔으나 짐짓 활기찬 목소리로 대꾸했다.

「물론이오. 머리카락 한 올도 다치지 않았소. 일도 무사히 마
쳤고.」

「아직은 그렇게 말할 수 없어요.」

순간 보란은 마이크를 바짝 입에 갖다 대고 놀라 물었다.

「왜, 무슨 일이 또 생겼소?」

「다 죽어 가는 사람이 하나 있어요.」

「어디에?」

「여기에요. 당신을 보내고 나서 전 얼마나 후회했는지 몰라요.
당신을 살아 돌아오게 할 수만 있다면 무슨 일이든 다할 각오까
지 되어 있었다구요. 그리고 어디서든 살아 있기만 하다면 두 번
다시 못 보아도 좋다고 맹세했어요. 그런데…… 막상 당신 목소
리를 듣고 나니 보고 싶어 미칠 지경이에요.」

그제야 보란은 놀란 표정을 거두고 그녀를 타일렀다.

「이브, 우리가 지금은 평행선상에 있지만 언젠가는 교차되는
순간이 올지도 모르지 않소? 그때를 기대해 봅시다.」

「그렇게 말씀하실 줄 알았어요.」

그녀는 새침해진 듯 톡 쏘았으나 곧 정이 넘치는 목소리로 애
절한 작별의 인사를 했다.

「그날만을 기다리며 살겠어요. 아담! 전 이제 다른 사람은 사
랑하지 못할 것 같아요. 당신은 저의 최초이자 최후의 연인이에

요. 아담, 이브를…… 이 이브를 잊지는 않겠죠?」

분명 그녀의 새까만 두 눈에서는 눈물이 흐르고 있으리라. 그러나 내일을, 아니 한 시간 후도 기약할 수 없는 보란으로서는 긍정적인 대답도, 부정적인 대답도 할 수 없었다. 그는 일부러 무뚝뚝하게 말했다.

「아디오스 아미고, 이브!」

그리고는 버튼을 두 번 눌러 무전을 끝냈다. 눈치 빠른 그리말디는 아무 말 없이 에비타가 타고 있는 배 바로 위를 통과하도록 헬리콥터를 조종했다. 보란은 그 배가 점점 작아져 흔적조차 없어질 때까지 지켜보았다.

이윽고 보란이 고개를 들었다. 그리말디는 충분히 이해한다는 듯 눈을 찡긋해 보이며 말했다.

「그녀는 당신을 무척 사랑하는 모양입니다.」

보란은 한숨을 쉬었다.

「세월이 좀더 흐르면 그녀도 깨닫게 될 걸세. 그것은 사랑이라기보다 같은 일을 하는 사람에게 느끼는 동질감이라는 것을. 또 그녀가 살아가고 있는 사회가 마피아의 손아귀에서 고통을 당하고 있는 사회인 만큼 〈나〉라는 존재가 더 확대되어 받아들여졌다는 것을 말일세.」

말을 끝내고 나서 보란은 아침 햇살에 빛나는 수면으로 다시 시선을 떨구었다. 에비타의 육감적이면서도 이지적인 얼굴이 크게 클로즈업되었다.

여자 저격수! 그녀의 삶은 앞으로 또 얼마나 파란 만장하게 전개될 것인지……. 프로만이 이해할 수 있는 프로의 고독이 진하게 밀려왔다. 보란은 그가 만났던 또 한 사람의 위대한 이브, 마르가리타의 시를 읊조리며 조용히 의자에 몸을 묻었다.

　심장이 고동칠 때마다 세계는 죽어가고
　생명은 폐허 위에서 피어난다
　새로운 정신을 양분으로 삼아

(계속)